Slottet i
Pyreneene

Slottet i
Pyreneene

比利牛斯山的城堡

BILINIUSI SHAN DE CHENGBAO

[挪]乔斯坦·贾德/著　周　全/译

接力出版社
Publishing House

桂图登字：20-2011-266

图书在版编目（CIP）数据

比利牛斯山的城堡 /（挪）乔斯坦·贾德著；周全译．—2版．—南宁：接力出版社，2017.6

ISBN 978-7-5448-4857-2

Ⅰ.①比…　Ⅱ.①乔…②周…　Ⅲ.①长篇小说-挪威-现代　Ⅳ.①I533.45

中国版本图书馆CIP数据核字（2017）第091181号

责任编辑：张慧芳　文字编辑：刘盛楠　美术编辑：王　雪　装帧设计：王　雪

责任校对：张琦锋　责任监印：刘　冬　版权联络：闫安琪

社长：黄　俭　总编辑：白　冰

出版发行：接力出版社　社址：广西南宁市园湖南路9号　邮编：530022

电话：010-65546561（发行部）　传真：010-65545210（发行部）

http://www.jielibj.com　E-mail:jieli@jielibook.com

经销：新华书店　印制：三河市顺兴印务有限公司

开本：880毫米×1250毫米　1/32　印张：9　字数：160千字

版次：2012年11月第1版　2017年6月第2版　印次：2017年6月第2次印刷

印数：15 001—25 000册　定价：39.80元

这是一部爱情小说，一部悬疑小说，同时也是一部哲理小说。当一个哲学家富于想象力的时候，他就给文学增添了一点新的东西。

——周国平

三十多年的光阴飞逝，
时间却仿佛停滞。
自从你离开，
空出来的时间多得吓人。
两个曾经亲近的心灵，
还能否隔空交流？

对于你所不知道的事物，该如何相信？

·1·

斯坦，我来了。当时宛如梦幻一般，竟然再度遇见你，而且偏偏是在那里！就连你自己也茫然不知所措，慌张得差点一跤绊倒。但那可不是什么“意外相逢”。有某种力量发挥了作用。你晓得吗？有某种力量！

我俩为自己争取到四个钟头的时间。不过“争取到”又能意味着什么呢？而且事后尼尔斯·佩特可就不怎么高兴了，一直要等到我和他驾车经过弗尔德的时候，他才终于开口讲出几个字。

那天，我和你只是在山谷中向上攀爬，过了半个小时之后，又重新站在小桦树林前面……

整段路途中，我和你都没有说什么。我的意思是，不曾针对当年那件事情进行交谈。其他的话题我们都讨论到了，但就是没能提到那件事。当时的状况与以前完全一样，我们还是完全无法一起坦然面对曾经发生过的事情。我们两人便这么从根烂起，或许原因不在于你是你，也不在于我是我，而是因为我们两个人凑成一对的缘故。

回想当初，我俩甚至没有办法彼此互道晚安。我仍然记得，最后一个夜晚我就睡在沙发上。此外我还记得你坐在另外一个房间吸烟时所传来的气味。我觉得自己仿若直直穿透墙壁和紧闭的房门，看见你低垂的头部。而你只是弓着身子坐在书桌前面吞云吐雾。第二天我就搬了出去，此后我们再也没有见过面，有三十多年之久。那真是令人难以置信。

如今我俩却蓦然从睡美人般的长年沉睡中苏醒过来，仿佛被同一个神奇的信号所唤醒！于是我们不约而同，再度长途跋涉前往那里住宿，更何况是在同一天。斯坦，在一个新的世纪，在一个全新的世界，过了三十几个年头之后，我们突然互相说“嗨”！

现在可别告诉我，那只不过是巧合而已。千万别认为，其中并无外力在导引我们！

最超乎意料的事情，莫过于当旅馆女主人突然走上阳台时的那一幕。当年她还只不过是旅馆老板的年轻女儿而已。对她来说，一切同样都已经是三十多年前的往事了。我相信她一定也遭遇过“恍如隔世”的经历。你还记得她说了什么吗？她说道：“真高兴看见你们仍旧在一起。”那些字眼令人心痛，却也有一点滑稽。因为我俩自从在二十世纪七十年代中叶的一个早晨，帮她照顾她的三个小女儿以来，便再也不曾与她见过面。至于我俩之所以会帮她那个忙，是因为感谢她曾经把两辆自行车和一台晶体管收音机借给我们的缘故。

现在我的家人们正呼唤我过去。此刻是七月的傍晚，而且可别忘了，在此地海滨过的完全是放暑假一般的生活。他们想必已经把鳟鱼放上了烤肉架，而尼尔斯正好帮我端了一杯利口酒过来。他给我十分钟的时间来完成这封邮件，而我确实也还需要这十分钟，因为我有重要的事情想拜托你。

我们是否可以彼此郑重承诺，同意在阅读完毕之后将互传的邮件一概删除？我的意思是，毫不拖泥带水地立刻删除，而且也不可以把邮件打印出来。

在我眼中，这种新的联系方法就是奔流于两个心灵之间的思绪脉动，而非将会一直在我们之间持续下去的书信往来。

这种做法的好处是，我们撰写邮件的时候可以畅所欲言。

更何况我们都已经另行嫁娶，并且分别有了自己的孩子。我可不打算把我们的邮件全部都留在电脑里面。

我们不晓得自己何时必须离开人世。但总有一天我们都将摆脱这场嘉年华会中的各种面具和角色，只草草留下几样道具，直到它们也被扫出场为止。

我们将会走到时间之外，离开我们所称的“现实”。

许多个年头已经过去了，可是一想到与陈年往事有关的东西可能会蓦然重返，那种感觉便让我始终不得安宁。我会不时觉得，好像有什么东西正紧跟我的脚步，或冷不防向我的脖子呵气。

我一直无法忘记在莱康厄尔闪起的蓝色灯光，而且即使到了今天，我仍然会因为背后出现的警车而陷入歇斯底里。几年前的某个日子，有一名穿制服的警员按响了我家门铃。他绝对已经看出我有多么惊慌失措，但他其实只不过是想打听附近的一个地址而已。

你一定觉得是我自己在那边杞人忧天。因为不管怎么样，任何刑事犯罪的法律追诉时效现在都早已过期。

可是罪恶感永远不会过期……

所以请答应我，你会把所有的邮件都删除掉！

重逢的那天，一直要等到我俩坐在山间牧羊人小屋废墟的时候，你才告诉我究竟是什么原因使得你来到此地。你试着把自己在过去三十年内所做的事情解释清楚，并且向我介绍了你正在进行的气候研究。然后你才开始稍稍叙述我们在旅馆阳台见面之前的夜晚，你所做的一个非常稀奇古怪的梦。你表示，梦中的情节跟宇宙有所关联。但是你只讲了这么多而已，因为随即有几头小牛朝我们奔跑过来，又把我们追赶得退回到下面的山谷。后来你就没有对梦境做出更多说明。

不过你的宇宙之梦其实并不出人意料……当年我们在出事以后曾经设法睡上几个小时，然而我们都过于激动，更何况即使想不激动也难，于是我们仅仅闭目而卧，相互低声谈论有关星辰、银河系之类的东西。我们只谈到了这一类既庞大又遥远，而且高高在上的事物……

现在重新回想此事，难免会觉得奇怪。那是在我信仰任何东西之前所发生的事情。但我随后很快就找到了信仰。

他们又在叫我了。在把这封邮件传出去之前，我还剩下最后一点感想。当初我俩路过的那个湖泊名叫“埃德勒瓦特内[①]”，意思就是“比较老”。对一个如此远离文明的山间湖泊来说，这个名称不是取得十分奇怪吗？从前在那里山区的岩壁和顶峰之间，究竟是谁“比较老”呢？

当我最近和尼尔斯开车从它旁边经过的时候，我只是盯着道路地图看个不停。自从那次事件以来我再也不曾旧地重游，而且我根本不敢抬头张望——在那个湖边就是没有办法！又过了几分钟，我们大转弯绕过另外一个关键地点（我指的是悬崖旁边的那个弯道），而那是整段车程当中最让我痛苦的处所。

一直要等到抵达下面的山谷之后，我才终于将目光从地图移开。一路研究了地图之后，我晓得了许多新的地名，还把它们念给尼尔斯听。反正我必须想办法找些事情来做，因为我担心自己会精神崩溃，以致被迫向他透露所有的一切。

接着我们来到新建好的隧道。我坚持穿越隧道，而非沿着中世纪的木板教堂以及河畔的旧马路行驶。我编出一个拙劣的借口，表示时间已经相当晚了，我们没有太多时间。

唉，埃德勒瓦特内湖！

---

① 埃德勒瓦特内（Eldrevatnet）在挪威文的意思是“较老湖”。这座位于北纬61度，长11.66千米的湖泊对本书具有重大意义。——本书脚注若未特别说明，均为译者注

那位“红莓女”则的确“很老”。至少当时我们都这么觉得，并且把她说成是一个上了年纪的妇人。反正她是一位比较年长的女性，在肩上围着一块莓红色的披巾。当初你我必须相互确认，我们是否真看见了同样的事情，而那是在我们仍然有办法彼此交谈的时候。

事情的真相是，她跟今天的我同样岁数，既不多也不少。她是我们习称的中年女人。

当你向外走到旅馆阳台上的时候，我觉得仿佛是我在向着面对着自己的方向移动。我们已经有三十多年没见过面了。但那还不是事情的全部。我再清楚不过地感觉到，我竟然有办法从身体外面看见我自己——我的意思是，从你的视角、用你的眼睛看见了我。就在那一瞬间,我自己仿佛变成了“红莓女”。一股令人不安的感觉袭上心头。

他们又在叫我过去了。这已经是第三次了，所以现在我干脆就把邮件传出和删除。来自苏伦的温暖致意。

我必须极度自我克制，才不至于写出“你的苏伦”，因为我们之间从未有过真正的分手。当年我随手拿起自己的几件东西就走了出去，再也没有回来。后来我等了几乎整整一年的时间，才从卑尔根写信过去，请你把我其余的物品打包寄回给我。但即使到了那种关头，我也没有把它看成是正式的分手，不过这么安排起来到底最为方便，因为我早已待在挪威的另一边了。那是我遇见尼尔斯好几年以前的事情，而你等到过了十年多以后才与贝丽特找到彼此。

你实在很有耐心。你从未真正放弃我们之间的感情，而我则不时觉得自己仿佛过着重婚一般的生活。

我永远忘不了昔日在那条山间道路的遭遇。我往往会感觉自己无时无刻不对那件事念念不忘。

随后所发生的事情，其实既神奇万分又鼓舞人向上。今天我把它当成礼物看待。

假如当初我们有办法共同收下那份礼物的话，那该有多好！可是我们都吓得六神无主。起先你就那么昏倒了，必须由我来照顾你。接着你突然一跃而起，向外狂奔而去。

过了没几天，我们已经开始貌合神离。我们丧失了能力或意愿，再也无法相互看着对方的眼睛。

那是我们两个人，斯坦！真是不可思议。

苏伦，苏伦！你漂亮极了！你身穿鲜红色的衣服，背对着峡湾和白色围栏，是那么灿烂夺目！

我一眼就看出那就是你，我看出来了。还是说，我眼前出现幻觉了呢？但那的确是你——宛如从截然不同的另外一个时代蹦了出来！

而且现在我想立刻告诉你的是：我根本就没有把你跟什么“红莓女”联想到一起。

你竟然真的写了邮件过来！在过去几个星期内，我都一直衷心期盼你会这么做。虽然当初提议互通电子邮件的人是我，不过最后是你在临告别时表示，你会等到时机适宜的时候发声，主动权因而落入你的手中。

我之所以会那么不知所措，是因为无法想象我们竟然能够像从前那般，再度在同一个偏僻的角落见面。那就仿佛我们是为了一个古老的约定而活，务必要在那个时间和那个地点重新相聚。然而，我们从来都没有做过这种安排。一切只不过纯属巧合罢了。

重逢的那时，我刚好端着放在碟子上的咖啡杯走出餐厅，一时手忙脚乱而把咖啡泼洒出去，烫伤了我的手腕。此外你讲得完全没错，我好不容易才站稳——我必须抢救咖啡杯，免得它摔落到地面。

我向你的丈夫简短致意以后，他突然急急忙忙去汽车上拿东西，于是你我二人有机会交谈几句，而旅馆女主人随即走了出来。她想必是看到我从接待柜台那边走过，并且还记得我在许多年前的模样——那时她母亲还掌管这家旅馆。

你与我面对面站立，而女主人显然把我们看成是一对中年夫妇。她以为许多年前我们在那个峡湾分支进行过一次爱之旅以后，便定下心来一辈子长相厮守（这也是我曾经想象过的事情），如今或许是因为恋旧情怀急性发作的缘故，于是又回到自己年轻时代经历冒险的现场。更何况我们吃完早饭以后理所当然应该走到外面的阳台上，即便我俩都顺应时代风潮而戒了烟，但那其实是非常合乎情理的事情。而且我们还必须向外远望紫叶山毛榉、峡湾以及山峦，因为当初我俩也都一直那么做了。

旅馆改变了接待柜台的格局，并且还新增一家咖啡馆，供人们路过此地时稍事停留。树木、峡湾和山丘依旧维持原样。大厅里面的家具和图画也都如此，就连台球桌也还摆放在原来的位置，但我怀疑可曾有人为那架老钢琴调过音。当初你曾经用那架钢琴弹过德彪西的曲子，还弹奏过肖邦的夜曲。而我永远无法忘记其他的房客如何聚集在钢琴周围聆听，以及你如何赢得了如雷掌声。

三十年的光阴已然飞逝，时间却几乎停滞不前。

我差点忘了提起唯一真正的改变：那些隧道是新的！昔日我俩必须乘船过来又乘船离开，因为当时还没有可以替代的交通选择。

你还记得吗，当初等到最末一班渡轮抵达之后，我俩如何暂时消除了心中的焦虑？那个村落随即完全与外界隔绝，我们可以平安度过剩余的整个黄昏、夜晚以及第二天早晨，直到“蹑水号”渡轮驶出峡湾，在午餐时间以前重新载运乘客过来为止。我们把中间那段空当称为“宽限期”。若是在今天的话，我们恐怕必须整晚都坐在阳台上，不断密切注视从隧道驶出的每一辆汽车，观察它们究竟是继续往西方奔驰呢，还是会在冰川博物馆那边拐个弯，然后开到旅馆这边来把我俩接走——我的意思是，过来拘捕我们。

顺便提一下，我早就忘记了我们曾经帮她照顾女儿那回事。可见我并非什么事情都记得。

我赞成你的想法，要立刻把我们阅读完毕的邮件悉数删除，接着在传出回复之后也删除自己的回信，因为我也不喜欢在硬盘里面留下太多东西。能够随兴抒发一下各种想法和杂感，有时倒是不错的放松方式。总而言之，如今被储存和保管起来的言辞已经泛滥成灾，无论在因特网、闪盘还是电脑硬盘都是这样。

我已经先删除了你传给我的电子邮件，然后现在才好整以暇地撰写回复。但我必须承认，删除邮件的做法也存在不少缺点，因为当我此刻坐在这里的时候，已经苦于无法重新查阅你所写过的特定文字段落了。现在我只能仰赖自己的记忆力，而且此后的邮件往来也必须如此继续下去。

你曾经暗示，可能有某些超自然的力量在后面发挥了作用，促成我们奇迹似的在旅馆阳台上重逢。可是就这方面的问题而言，我必须打从一开始就请求你的谅解，因为我会跟从前一样坦白地说出自己的意见。反正我只能把这种意外相逢看成是偶然事件，而且其背后既不隐藏任何意志，亦无“操控”可言。虽然此一案例牵涉到意义重大的巧合，而非小事一桩，但你还是应把我们没有遇到类似情况的其他日子一并列入考虑。

尽管我现在正冒着进一步强化你神秘学倾向的危险，但我还是不得不向你说明一些事情。当我搭乘大巴士在贝里索登附近的山上驶出长长的隧道时，整个峡湾被笼罩于浓雾之中，以致我看不见下面的任何东西。我看得见山顶，然而峡湾和山谷却仿佛从风景中被抹除了一般。接着又冒出一个隧道，而等到我们驶出它的时候，我已经位于云端下方。此时我可以望见峡湾和三个山谷的底部，却怎么样也看不到山顶所在的位置了。

我心里想着：她有可能在这里吗？她也会过来吗？

然后你果真出现了。第二天早晨，当我端着几乎满溢的咖啡杯走出餐厅时，你正以少女般的夏日装扮站在阳台上！

我感觉是我自己宛如赋诗一般地把你编造出来，在当天将你写入了那家古老的木构造旅馆。你站在外面阳台上，就好像诞生自我的记忆与思念之中。

你会在我脑海中产生如此强烈的印象，其实一点也不奇怪，因为如今我突然再度来到了从前被我俩戏称为“情色角落”的地方。但纯粹是出于巧合，我们才会在同一个时间抵达那里。

当我坐在早餐桌旁啜饮苹果汁、敲开一个水煮蛋的时候，心中正在想着你。我被前一夜的强烈梦境搞得完全晕头转向，于是干脆端着咖啡杯走上阳台。天哪，你就站在那儿！对你的丈夫我深感抱歉。过了一个小时，当我们二人背对着他走入山中的时候，我完全可以体会他的心情。

对我来说，我们步行的方式以及我们相互交谈的语气，都像是我俩青春时代在当地的日子所荡漾出的美丽余波。山谷依旧维持着老样子，而且正如同我所说过的，你看起来还是那么年轻。

然而我不相信命运，苏伦。我真的不相信。

你重新谈起了“红莓女”，使我回想起我一生中所遭遇过的最奇特的经历。我并没有忘记她，而且我也不打算否认她的存在。不过请稍等一下再来谈她，因为当我踏上归途时，还看见了其他的事物。

你们夫妇驾车离开之后，我继续留了下来，准备第二天早上前往新成立的气候中心参加揭幕仪式。我还告诉你，接下来我还必须在午餐时间配合那项活动简短致辞，所以我要等到星期五早上，才搭乘快速渡轮从巴勒斯特朗航向弗洛姆。我在弗洛姆等待了几个小时后，又搭乘火车前往米达尔，然后转车直奔奥斯陆。

在我前往米达尔途中，弗洛姆铁路的列车在一座巨大瀑布前面停了下来——它名叫休斯瀑布。观光客们几乎是推挤着要到火车外面，以便有机会拍摄奔腾流水，或者至少能够观赏那宛如白垩一般洁白的飞瀑。

当我们站在月台上的时候，瀑布右侧的山坡突然冒出一个“森林女妖”。她简直就像是从虚无缥缈之中舞动出来的。然后她同样迅速地消失不见，但只消失了不到一秒钟的时间，又在三四十米之外再度现身，而且她还把这样的动作重复了好几次。

你对此有何看法？难道超自然的事物就不必服从自然法则了吗？

但我们还是不要妄下结论为妙。是我眼前出现异象了呢，还是我在做白日梦？可是那里另有两百多人在场，同样亲眼目睹了我所看见的东西。莫非我们都成为一个“超自然事件”的见证者了吗？我是说，难道我们都看见一个货真价实的“女妖”或“精灵”了吗？不对，当然不是这样。那一切摆明都是特地为观光客们安排出来的，而其中我唯一无法弄清楚的事项，就是女演员们每小时的报酬。

还有什么我忘记说明的事吗？想起来了，总之那个女人移动身体的方式极不自然。更何况她还能够用闪电般的速度从一个地方转移到另外一个地方。那其实只不过是一场戏而已！我不晓得当天下午有多少名“森林女妖”在休斯瀑布值勤。但不管她们总共是两个人还是三个人，我相信她们都获得了一样的时薪。

我之所以会告诉你这些事情，是因为我突然发觉，当初我俩可能从未想到过一种情况。而且在我看来，如果现在把它列入考虑的话，为时还不算太晚。那种情况就是：“红莓女”也有可能是以特定方式被安排在那里现身的。她或许扮演了某种角色，她或许跟我们玩了一个把戏，而且我们很可能并非她所扮演的“红莓女”角色之唯一受害者。反正几乎各地乡村都会出现像她那样的怪人。

我是否还忘记了其他的事情呢？对了，现在我也注意到，

“红莓女”不仅看起来像是无中生有凭空冒出来的，而且等到她演完自己的戏码之后，似乎又一下子被地面吞噬。也许事情果真就那么发生了，但也说不定是她喜欢开开玩笑，于是自行跳入一个废弃的陷坑或者躲到石堆后面去了，但我又哪能知道呢？当时我俩并没有仔细检查那个位于山谷上方的地点，反倒吓得落荒而逃，就仿佛有妖魔鬼怪在背后追赶一般。

有时我们喜欢表示“我要等到亲眼目睹之后才会相信它是真的”，但这并不意味着我们看见了任何东西都必须信以为真。有时我们至少应该在决定是否相信之前，先擦亮自己的眼睛。我们必须问问自己，为什么我们会被某件事或某个人愚弄摆布到这种地步。然而当时我们并没有那么做。我们都吓得不知所措。况且我们还因为之前几天所发生的事情而处于不稳定状态。如果你或我有一方因而吓破了胆，那么另外一方很可能也会出现同样的情况。

请千万别以为自己遭到了驳斥。与你的重逢其实令我喜出望外，而且现在我四下走动的时候，脸上经常挂着笑容。我绝不认为此类的幸运巧合是不痛不痒或者无足轻重的事情。这种巧合可以产生深远的意义，因为它们掌握了我们并且形塑了我们。它们甚至还可以影响到下一步的走向。

我们偏偏就在那个地方重新相聚！然后我们又一次大摇大摆地走到山上的牧羊人小屋。有谁能料想得到，这种事情居然还会发生呢！

四个钟头的时间其实并不算长，至少对偶尔能够见见面，比方说每年相遇一到两次的人来说，情况确实如此。但我们上一次见面是在好几十年以前，相形之下，四个钟头的时间就非常长了，因为“重逢”与“音信全无”之间的差异实在大得惊人。

是的，斯坦。很高兴听到你的消息。可是那也不断让我回想起来，从前我们为何会分手。其中的一个原因就是，当时我俩就跟今天一样，以截然不同的方式来解读我们所共同经历过的某些事物。另外一个原因则是，你始终以高高在上的口气来议论我的解读方式。

尽管如此，能够收到你的回信还是让人高兴。我真想念你。请给我一点点时间，我会等到心情变得比较好的时候再做出答复。

我可不打算表现得高高在上，不过我已经记不清楚自己上一次是如何表达的。我到底说了些什么呢？但刚刚我不是写道，自从我们重逢以来，我就不断笑嘻嘻地在家中走来走去？

除此之外，我还有更多的事情想要告诉你。我刚离开时所搭乘的小渡轮，是以那个峡湾分支来命名的。我在航程中第一个停靠的地点是海拉，而当初我俩就在该地抛下了那辆被撞得破烂的汽车。如今站在甲板上俯瞰渡轮码头，难免会有一种十分诡异的感觉。幸好我搭的船很快就朝着旺斯内斯的方向横渡峡湾主干，接着从那里掉头驶往巴勒斯特朗。抵达巴勒斯特朗以后，我在当地科威克纳大饭店旁边的岬角来回走动，等候从卑尔根开过来的快速渡轮。渡轮误点了一会儿，我想它大约迟到半个小时吧。而当我登上船舷的时候，我赫然发现那艘渡轮名叫“苏伦蒂”！

我大惊失色。我当然马上就联想到你。其实自从两天前我们在旧渡轮码头挥手告别以来，我就一直对你念念不忘。此时我还忍不住回想，当初我俩如何在那年夏天，前往位于峡湾出口的苏伦德群岛拜访你的外婆。对了，她是不是名叫兰蒂？兰蒂·约纳沃格？

我不只是陷入思绪之中而已，我宁可将其称为一种五味杂陈的情境，因为过去的各种经历突然宛如瀑布一般涌向我的心头。那些鲜明的画面与印象来自我俩刚刚年过二十，站在大海边的时候。它们就仿佛电影的片段和场景，但我却不记得自己曾经在脑海中拍摄过那些画面。此外它们不像是无声电影，因为我似乎听到了你的声音，听见你笑盈盈地对我说话。此外我不是还听见风声与海鸟的啾唧声，并且还可以闻到你深色长发的气味吗？四下弥漫着大海与海藻的气息。那绝非寻常的思想活动，反倒有如一座间歇泉，骤然喷发出久遭压抑的幸福感；或者像是蓦然回首，瞥见了我俩一度共同享有的时光。

我先是在那家古老的木构造旅馆与你相遇，那里是我俩三十多年前联袂造访的地方；等到我继续上路的时候，我所搭乘的快速渡轮又得名自你母亲故乡的小群岛。当初你不也表示过，你的名字简直就是按照那个地名来取的？当时我俩谈论的主要是外叙拉[①]这个岛，因为你的外婆就住在苏伦德最外侧的那座岛屿上。苏伦与“苏伦蒂”，这不是太奇妙了吗？

但我们最好不要受到这种偶然的巧合事件误导，以致得出超自然的结论。在我当时所在的行政区内，有一个海滨聚落正好是这艘渡轮得名的由来，事情就那么简单，所以我的

① 外叙拉（Ytre Sula）是挪威最西端的主要岛屿。全岛面积32平方千米，居民共有200人。苏伦的外婆家位于该岛西南端的库格鲁夫（Kolgrov）。

心情平静了下来。但我仍然在甲板上伫立良久，脸上挂着笑容。

你对此另有什么高见吗？

这会儿我来到了外边。我的意思是，我已经来到苏伦德，坐在位于库格鲁夫的老房子里面，望着窗外大大小小的岛屿和礁石。眼前唯一有些煞风景的东西，就是一双男人的腿。尼尔斯正站在铝梯上，将二楼的窗框粉刷得焕然一新。

你跟我在那个星期三从牧羊人小屋走回山下之后，我的丈夫便坚持一定要尽快驾车离开，因为他觉得我们必须赶在播出六点晚间新闻以前返回卑尔根的家中。

下午三点钟左右的时候，我们开车来到博雅山谷，并且驶入冰川旁边的隧道。等到我们驶出隧道，沿着狭长的约斯特拉湖行进时，我们看见蒙蒙雾气正在消散，而太阳已开始露脸。直到我们通过弗尔德为止，云雾是唯一能够让尼尔斯发表议论的东西。他咕哝道："放晴了。"当时我们刚好沿着湖面拐了一个大弯。我试着和他说话，却不管怎么样都无法让他打开金口。后来我才恍然大悟，那个短评的用意或许不光是针对天气发表意见而已，同时一定也把他自己的心情比拟成云雾。

等到我们从弗尔德转向，朝着南方行驶的时候，他扭过头来向我表示：在一天之内这样四处奔波未免太辛苦了，我们不妨去外婆那边过夜，也就是前往现在被我们称为“夏日小屋”的那栋房子。其实我们原本打算开车回自己的家，而且主要是为了配合他第二天的计划，因此现在冒出来的提议称得上是他的和解动作。一方面，那是由于他曾经为了我坚持要跟你散步那么久而暴跳如雷，但我俩已有三十多年没见过面了，斯坦！另一方面则是因为他后来坐在汽车里面久久不发一语的缘故。

于是我接纳了他的提议。我们在吕榭道斯维卡和吕特勒达尔两地之间横渡峡湾，然后继续前往苏伦德群岛。结果就在你参加气象中心揭幕仪式的同时，我们在当地开阔的海滨度过了美好的一天。我当然向你发送了各种思想信息——我的意思是，我在心中向你传出我俩昔日共同的情景记忆与片段剪影，而且我在随后几天内还一再那么做了。看来我的那些强烈回忆果真有一部分传达给你，成为你不记得自己曾经在脑海中拍摄过的“电影片段”……

星期四晚上我们返回位于卑尔根的家中，接着星期五一大早我就步行前往海滨码头路，观看“苏伦蒂号”驶离停泊处。它从卑尔根出发的时间是早上八点整。而根据你先前的描述，我断定当天上午你将在巴勒斯特朗搭乘这艘快速渡轮上路。我反正很早就醒了，于是干脆进行一趟晨间散步，从斯康森顺台阶而下，穿越鱼市场来到码头。斯坦，如此一来我就可以祝你旅途愉快，再度向你道别。这种念头固然很不合乎理性，但我确定自己就是想要那么做。现在可别告诉我，我的问候没有传达到你那边。我一想到你即将搭乘“苏伦蒂号”便觉得有意思，而且我可以预料得到，你八成会联想起我以及当初我俩在苏伦德海边的夏日童话。

那艘渡轮当然不是以我来命名的。正如你所说，船名得自这个位于松恩峡湾出口的群岛。上次我曾经在苏伦德停留了几乎一整天，而现在我又坐在这里，一面眺望大海一面撰写邮件。幸好那两条腿现在已经消失不见了，毕竟它们总是有一点阻挡视线和妨碍思考……

“苏伦蒂(Solundir)”纯粹是古诺尔斯语“苏伦德(Solund)”一词的复数形式，因为这里有好几百个大大小小的“苏伦德岛”——“苏(Sól)”意为“沟渠”,而“伦德(und)”则是“充满”的意思。苏伦德的各座岛屿上面到处遍布沟渠，这个地名相当精确地描绘出此处的地质景观。那也就是我们国歌歌词所指称的：沟渠纵横，历尽风雨仍屹立海上……

你绝对还记得，当年我俩怎么躲在那些色彩缤纷、宛如梦幻一般的礁石之间玩捉迷藏。你一定也还没有忘记，我们如何花了好几个钟头的时间，在那个仿佛由雕塑群所构成的景观之中搜集石头。你捡取了大理石，而我拾起不知名的红色石块。我把你的石头与我的石头拿来围筑花坛。它们至今依然在这里散发光芒。

你讲得没错，我的外婆确实名叫兰蒂，但令我感到失望的是，你竟然无法确定她的姓名！当初你们不是相处得非常融洽吗？我仍旧记得，你曾经表示我外婆是你所认识的最温暖最可爱的人；外婆则一再站在小花园里面喃喃自语说道："哦，这位斯坦真好！"外婆觉得"这位斯坦"与众不同，因为她从未遇到过更加体贴入微的小伙子。

我的母亲也是在峡湾外面出生长大的，而且此地如今是全挪威最西端的聚落。同时你一定也还记得，她婚前的姓氏是约纳沃格,而我的父母亲并非随随便便将我取名为"苏伦"，我的名字或多或少受到这种家庭背景的启发。

现在我们一家四口再度回到这里——苏伦德群岛我外婆的旧居，直到学校事务和日常生活在几天以后会迫使我们离开为止。我女儿英格丽已经上了大学。虽然面对的是开阔的海面，风势却异常平静，所以昨天我们得以喜出望外地坐在花园内烤肉。

斯坦，世界并不是一大片由巧合事件拼凑出来的马赛克。凡事都具有相对应的关系。

真高兴收到你的回信！幸好时间并没有拖很久——我的意思是，你的心情那么快就变好了。

真想象不到，现在你正置身于那个遥远的角落。这么一来，我自己仿佛也多少来到了那边——我是说，那是因为我俩正在互通邮件的缘故。毕竟是我首先主张，纵使两个人之间的物理距离非常遥远，他们仍然可以彼此接近。就这方面而言，我同意你的看法，也认为世事都具有相对应的关系。

你实在令人感动，为了让那艘快速渡轮把问候传递给我，竟然还一大早特地走去海滨码头。我简直可以看见你就在我的眼前，顺着斯康森山坡上的许许多多个阶梯一路走下，而此景象又不禁令我联想起一部西班牙电影。无论如何，现在我至少可以证实，你的问候已经传到了我这边——即便之前我还没办法这么确定。

可是你曾在我们穿越明达尔山谷向上漫步的时候，宣称你否认一切所谓的“超自然现象”。你还强调，你根本就不相信心灵感应，以及任何形式的千里眼或第六感。但你说出此话之前，我才刚刚针对那些现象告诉你几个令人信服的例子。看来你不愿意使用自己天生具备的天线，不打算把眼罩扯掉，或许你也无意看清，某些时候你只不过是把所“接收”到的信息当成自己突然涌现的灵感罢了。

但你不是唯一这么做的人，斯坦。我们这个时代充满了各种心灵上的盲目与精神上的贫乏。

我自己却那么天真幼稚，无法将我俩在旅馆阳台上重新相聚一事，贬低为不折不扣的巧合事件。我相信那些事情在某种形式上受到了安排。不过别问我那是如何办到的，或者其中的道理何在，因为我实在不晓得。但“不晓得”并不意味着“视而不见”。例如俄狄浦斯国王未曾看出自己身上缠绕了哪些命运之线，结果等到真相大白之后，他羞愧得刺瞎自己的双眼，因为就他自己的命运而言，他始终都是盲目的。

现在我们就像打乒乓球一般地你来我往，或许我们可以在整个下午继续互通邮件？如果这样的话，那么我自己也或多或少在此炎炎夏日，跟着你一同外出来到了苏伦德群岛。对吗？

你当然是一起过来了，因为我们正相互交谈着。目前我还在休假，而且在这栋房子里面适用一项不成文规则，那就是每个人都可以在假日随心所欲做自己想做的事情。我们唯一比较严格的要求是，大家必须共同进餐，但早餐不包括在内，人人皆可在起床后独自用餐。我们才刚刚吃过午餐，我在晚餐以前别无义务。要是不刮风的话，说不定今晚我们还会再烤一次肉。

你正在做什么？我的意思是，今天下午我将前往什么地方进行拜访呢？

可惜我这边能够拿来吸引人的东西，无法与你周遭的事物相提并论。我正坐在布林登校区一间枯燥乏味的大学办公室里面，而且我还会一直待在这里，然后在七点钟左右前往马约斯图阿与贝丽特会合。接着我们一同开车去贝鲁姆拜访她年事已高，却仍然精神矍铄、机智风趣的父亲。但那是后话，所以我们还可以共同度过好几个小时。

你可别忘了，我自己曾在布林登上过五年大学。那些年头，斯坦……对我来说，那已经多得足以让我回到当地重温旧梦了。

我相信你当初绝对料想不到，自己有朝一日会变成奥斯陆大学的教授。你本来不是打算去中学教书吗?

自从你离开了以后，我空出来的时间多得吓人，这先后为我带来博士学位以及研究补助，但我们或许还没有到达谈论“当初”的时候。现在令我感到好奇的是，你今天究竟变成了什么样的人。

嗯，结果是我当了中学老师。这是我们已经谈论过的事情，而且我从不后悔走上了这条路。我很荣幸能够用这种方式谋生，每天花许多个小时与既年轻又积极向上的年轻人共同相处，更何况还是教授我自己感兴趣的那些科目。除此之外，“教学相长”这种观念对我来说并不是陈词滥调。顺便提一下，在我所教过的大多数班级当中都会坐着一位金色鬈发少年，让我回想起你以及当初的我俩。某年我还教过一位确实长得很像你的学生，甚至连声音也几乎跟你一模一样。

但现在轮到你发言了。我已经写出自己的意见，表示我并不认为我俩之所以会突然重新站在那个阳台上，纯粹是出于巧合。

我们都站在阳台上，那是事实。但“意外相逢”或“巧合事件”之类的字眼，正好点明了在统计学上不太可能发生的事情。我曾经计算过，用同一颗骰子连续十二次掷出六点的概率，小于二十多亿分之一。但这并不表示，永远都不会有人那么凑巧地接连十二次掷出同样点数。其中的道理非常简单，因为这颗行星上面居住着好几十亿人口，而且几乎到处都有人在丢骰子。不过在这么一个虚构的独特案例当中，我们所谈论的是“赔率爆炸”，或者是出现的机会像天文数字一般渺茫的投注赔率。等到果真出现那种情况的时候，许多人或许会笑得死去活来——因为此事虽然在短短几秒钟之内就发生了，可是若从统计学来看，一个人必须不断地丢骰子好几千年，才有可能连续十二次掷出同样的点数。那种想法岂不是非常可爱吗？

类似的情况就在你心中产生了有如炸弹一般的爆发力。那当然是一种震撼，而且我自己也会毫不犹豫地称之为真正的“福星高照”，但这种情况绝非“超自然”的现象。

你确定那样的说法没错吗？

几乎可以完全确定。此外，我同样确定的是，没有任何命运、神意和念力能够影响事情的发展结果，比方说决定骰子掷出来的点数。点数当然有可能是通过欺骗和花招所搞出来的结果，况且还难免有记忆错误和报道失实的可能。但无论如何，物理事件既不会受到命运，更不会受到天意或一些伪现象的影响——例如某些人所称的“心灵致动”。

你可曾听说过，有谁是靠轮盘赌发大财的——因为他有办法用念力来控制，或者是准确预料到圆球将会停在哪一个格子上？我们只需要有能力在几秒钟之前预见结果，便不难成为百万富翁。可是没有人具备这种能力。没有任何人！所以各赌场不必挂出一块上面写着“凡通晓读心术或具备超自然能力者不得入内”的牌子，因为这种禁令根本毫无必要。

无论是针对博弈游戏，还是就日常生活而言，我们还必须把另外一种状况也列入考虑。世上最惊人的巧合事件都具有一种内在倾向，那就是很容易被人特地用记忆保存下来，以致在我们的文化圈内衍生出大量耸人听闻的故事。结果不知情者往往就把那些故事拿来当证据，表示到处都有“神力”在干预我们的生活。

在我看来，我们有必要了解其中的玄机：决定何种“中奖事件”将被记忆下来和流传下去的机制，令人联想起达尔文的“物竞天择说”。其中唯一不同之处在于，我们所谈论的是“人为选择”。可惜这种选择方式很容易顺便创造出一些其他的概念。

我们很可能就在自觉或不自觉的情况下，开始将原本互不相干的事物牵扯到一起。我认为这是人之常情。因为我们跟动物不一样,往往会设法寻找隐藏的理由(例如命运、天意和其他的主导力量)，甚至会去根本不存在那些外力的地方进行寻找。

因此我认为，我们在那里的夏日重逢完全事出偶然。发生此事的可能性当然微乎其微，更何况自从三十多年前发生了那件事以来，我们都未曾旧地重游。但即便出现这种事情的概率非常渺茫，也不足以借此证明，除了巨大的巧合之外还会有其他的可能。

假如我们采取广泛行动，用一本厚厚的册子来汇集历史上最引人注目的重大巧合（亦即那些“中奖事件”），同时也把赌博的事件一并登记造册的话，那么我们就必须想办法找地方来摆放这些书。然而世上没有足够的树木来印制那么多本书，况且在我们的行星上面根本就没有足够的空间，来容纳那么多的树木或书本。

现在我想改用另外一种做法,只把注意力集中在一个“赌博”案例上面,并且问道:“在你所读过的长篇采访报道当中，可曾有任何一篇是以乐透未中奖者作为采访对象的呢？”

你的作风没有改变多少。那其实也没什么不好，斯坦。你的固执精神带着孩子气，并且让人觉得饶有新意。

但说不定你是盲目的。说不定你既思想褊狭，同时又目光短浅。

你还记得比利时画家马格利特的那幅画作吗？画面是一块悬浮在地表之上的巨石，而巨石顶端矗立着一个我相信是小城堡的东西。你总不至于把那幅画给忘记了吧？

假如今天你目睹类似现象的话，你一定会千方百计找理由来把它否定掉。你或许会表示那是一个骗局。那块巨石是中空的，里面充满了氦气。搞不好那边还设置了一个巧妙的机关，用让人看不见的轮子和绳索把巨石支撑起来。

我的反应却单纯许多。我只会对着巨石举起双手，并且喊出“哈利路亚”或“阿门”。

你在第一封电子邮件中写道：“有时我们喜欢表示‘我要等到亲眼目睹之后才会相信它是真的’，但这并不意味着，我们看见了任何东西都必须信以为真……”

我要说的是，这种讲法让我觉得有些忧心忡忡。它在我耳中听起来充满了反经验主义的色彩，亦即不愿意相信自己的感官印象。说一句老实话，那听起来简直有一点中世纪的味道……

如果感官所传达的信息不符合亚里士多德的讲法，那么感官就犯下了错误；如果所观察出来的天体轨道违反“地球中心论”的世界观，那么就炮制一套被称为“周转圆说”的戏法，用它来解释人们所看见的天体现象。教会和宗教裁判所的忠仆们更是自我设限，死也不肯用伽利略的望远镜来进行观察。反正你自己也十分明白那一切。

你可曾考虑过，我俩确实看见了一个巨石般的物体，自由飘浮于苔藓和石楠之上？那是一个奇迹，一个发生在这个世界之外的奇迹！而且让我补充一句：我们曾经完全同意，自己目睹了一模一样的东西。

我俩真的都同意吗？

绝对肯定是的。但为了将话题转回我们上次在那个峡湾分支的重逢，我们是否可以先把上述的命运之线全部都放到一旁呢？

你这么说是什么意思啊？

或许那个巧合事件仅仅归因于再平凡也不过的“心灵感应”。当然那对你来说或许并没有什么差别，因为你已经决定不要“相信”思想传递了。

你相信重力的存在。可是你有办法对重力做出解释吗？

或许现在你应该给我一个机会，至少也要透过我的“伽利略望远镜”来张望一下？

我无法对重力做出解释，但重力就是存在。我当然很乐意仔细瞧一瞧你的伽利略望远镜。即使你有一打望远镜，我也会逐一通过它们来进行观察。现在请先把第一副望远镜递给我吧。

对尼尔斯和我而言，我和你重逢那天完全是一趟临时决定的旅程。而且我可以确定，是我自己主动提议要前往菲耶兰进行一日游，并且参观当地的图书村以及冰川博物馆。其实当时我们正在从东挪威开车返回卑尔根的途中，但我觉得，时隔那么多年，绕一点路去当地看看也无妨，即便那铁定会给我带来若干痛苦。我就这么灵机一动，突然在心中浮现出那个想法。

由于你很早就已经开始规划行程，在此情况下你想必是“发射信号”的人，而我是信息接收者。你把思想信号传给了我，这并不是令人觉得特别奇怪的事情，因为自从我们许多年前在那家古老的木构造旅馆下榻之后，你首次准备旧地重游。问题的关键仅仅在于，人们根本不会注意到自己正在发送或接收信息。当你进行思考的时候，你的头脑也不会注意到自己正在这么做。纵使当你想起一些特别牵动、激烈或悲伤的事情时，你也不会觉得自己的脑部正在嗡嗡、轰隆或嘎吱作响。其中的原因在于，思想通常与身体本身或身体的运作并没有关系。

我认为是因为心灵感应的缘故，我们才会同时出现在昔日我俩眼中世上最美好和最令人痛苦的地点——事情解释起来就那么简单。你的解释或托词却复杂多了，让我觉得那是仰仗硬邦邦的统计数字来咄咄逼人。

如果纯粹从概率计算的角度来看，我们在那个老旧阳台上重逢的机会，大致相当于我们在峡湾的两端面对面站立，并且各自发射一颗步枪子弹，然后两颗子弹在峡湾的正中央相撞，接着融为一体落入水中。那应该是超自然现象，否则至少也应该被称为“奇迹般的准确”。而我更容易把它理解成这个样子：两个曾经彼此亲近的心灵有办法在远距离外，针对一些深深勾起往日情怀的事物进行交流。你向我发送了一个信息，表示你准备再度前往该地，而我接收到你传过来的相关信息。结果我也去了那里。

那其实正是心灵感应，现在我就把它使用为合情合理的解释。已有大量文献对心灵感应提出了证明，而你却把这种现象贬低为“巨大巧合”。其实世界各地的许多大学都曾经在这方面进行过实验性的研究——其创始者之一是北卡罗来纳州杜克大学的莱恩博士夫妇，他们二人早在二十世纪三十年代即已开其先河。如果你想要的话，我很乐意寄一些参考资料给你，而且我还拥有完整的参考书目。

量子力学不也已经向我们显示出来，宇宙中的一切都息息相关，就连最小的粒子也是这样吗？

最近我在一些同事的协助下，稍稍涉猎了量子物理学。我们学校去年举办了跨学科的研讨会。我们把自己的聚会取名为“酒后吐真言”，从这个称呼就看得出来，我们的讨论方式非常轻松自在。我跟一些物理老师和自然科学老师相处了几个晚上之后，觉得柏拉图的时代充满了神秘，但现代物理学似乎也无法降低今日世界的神秘感。不过，斯坦，如果你认为我讲得不对的话，欢迎指正。

当两个具有共同起源或共同出发点的粒子，例如两个光子，彼此遭到分隔并且高速相互远离的时候，仍旧可以构成一个相互关联的整体。纵使它们已被送往太空中不同的方向，最后二者之间隔了许多个光年的距离，它们却继续交织在一起：两个粒子内部都蕴含关于对方特质的信息，因此“孪生粒子”之一所发生的事情会影响到另外一个粒子。在此所涉及的当然并非通信，而是“相依性”，或者如果我们愿意的话，也可以称之为“非局域性”。世界在量子的层面没有地域性。这是非常蹊跷的事情，就跟重力一样难以理解，而且爱因斯坦否认这种现象，他觉得那是对理性的挑衅。然而在爱因斯坦提出反对意见之后，这种现象已经通过实验得到证实。

现在我们所谈论的已非心灵感应，而是远程物理。不过我觉得，远距离心灵沟通对人类所产生的意义远远大于量子力学——其中的道理很简单，因为我们具有灵魂。请抬头仰望星辰和星系。请看看从天际掠过的彗星和小行星，并且开怀大笑。那些都是强有力的天体，但我们才是这个宇宙当中活生生的灵魂。彗星和小行星又能知道些什么呢？它们可有能力感知任何事物？它们具备对自我的意识吗？

假如我迷信的话，我会表示光子具有意识，并且能够相互传递思想来进行远距离沟通。但我却不这么认为。我相信我们人类享有独特的地位。我们是这个宇宙剧场内的心灵！

斯坦！当你阅读这行文字的时候，正有好几十亿颗微中子快速通过你的脑部。它们来自太阳，来自银河系内的其他恒星，来自全宇宙的其他星系。它们也都以自己的方式展现出宇宙的非局域性。

另一个矛盾之处是，量子力学中的粒子时而表现得像是波浪，时而又表现得像粒子。实验已经证明，一个电子——亦即一颗小型的点状粒子或一个小物体——有办法同时穿越两个不同的缝隙或孔洞。其令人惊讶的程度，想象起来就好比是挥拍击出一颗网球，让它同时穿过网球场围栏上面的两个破洞！

我既不要求你明白，也不要求你为我做出解释，怎么会有东西能够同时既是波又是粒子，或者时而是其中之一，时而是其中之二。我只不过想请求你服膺于宇宙的实况。如果物理法则在我们眼中显得神秘的话，那么它们一定本来就很神秘。我们可以为了自己无法解释阳光下的一切而感觉遗憾。对诗人来说，这种遗憾更可成为不错的每日运动——我指的是“边哀叹边摇头”，因为我们对自己所处的这个神秘宇宙实在了解得太少了。可是现在我们却不得不接受这个事实。

你能够发送一个想法给我，而我或多或少可以有意识地把它接收过来。这种事情也许无法用今日的数学或物理学来理解，可是它应该不至于比量子力学更难令人信服吧？

你认为呢？

英国数学家与天文物理学家詹姆斯·金斯曾经这么表示："宇宙看起来更像是一个伟大的思想，而非一部伟大的机器。"

我刚刚接到一份最新的气候报告，情况比我们所担心的还要糟糕。有两位非常兴奋的记者已经跟我约好了时间，因为他们无论如何都必须赶在今天截稿之前发表评论。反正媒体如今已针对这方面的问题，诱发出不少的歇斯底里反应。现在我必须暂时中断一下我俩的对谈，但今天下午我就会回来。我在此向你做出保证：我绝对尊重你的信念，而且不管我们今天分别皈依了什么主义，你本人都对我具有极为重大的意义，所以请务必原谅我自己不相信所谓的"超心灵现象"。

那不成问题。你这个老顽童的心理其实错综复杂。上一次我已经把你看穿了，所以现在我就针对"红莓女"写出点什么来。当初碰到那件事之后，你随即放声痛哭，还像小孩子一样地啜泣，而我必须想办法安抚你。

三十多年以后，等到我们重新回到山上的同一地点时，又发生了什么事情呢？我可以察觉到你在极力抗拒，其情况正类似当初你坐在隔壁房间猛抽烟，而我觉得能够穿透墙壁和房门看见你的那天晚上。现在就请听我说一说吧。

你在邮件中写道，你不相信有任何未知的力量介入我们的生活。可是当我们再度站在那片桦树林前面的时候，你却像山杨树叶似的浑身发抖。身体可不会撒谎。

我们走近那里的时候，你突然紧紧抓住我的手。在很久很久以前，我俩确实经常手牵手出门，但如今你又拉住我的手，那简直称得上是骇人听闻。不过我可以体会出来，你之所以会那么做，想必是因为我们接近了当初的事发地点，而且你需要我的扶持。因为你害怕！反正在山坡上的桦树林那里，你表现得并不怎么雄赳赳气昂昂。你害怕不属于这个世界的东西。

你的手掌非常强而有力，斯坦。可是它在发抖！

当时的情况也让我感觉不安。可是我表现得比你冷静，而我比较镇定的原因可能在于，我对彼世的事物早已产生了某种信念。对我来说，超自然是很自然的事情。我已经准备好再度看见“红莓女”实体化。即便“实体化”无疑是一个极具误导性的用语，因为她不是由物质所构成的。我们的摄影设备或许根本就无法捕捉“红莓女”的画面。她属于我们所称的“灵异现象”。

在历史上和在超心理学那方面，都充满了关于一种现象的记载——有人能够在另外一个人的面前现身，即便二人在物质世界当中的距离可能长达好几百英里。在文学作品里面也有许多记载指出，人们如何亲眼看见了“并未死亡，而是刚刚复活”的人，并且从他们那边接获信息。其中最著名的案例当然就是耶稣。可是我们生活在一个过度物质化的文明当中，以致与精神的接触几乎完全遭到阻绝，更遑论是接触来自彼世的东西。但是请读读莎士比亚，请读读“冰岛萨迦传说”，然后再翻阅一下《圣经》或《荷马史诗》。或许你也可以听听看，其他的文化对他们自己的萨满巫师和祖灵有何讲法。

你晓得吗，我相信当时她之所以会现身，可能主要就是为了给我们带来安慰？自从被你称为“她的戏码”的那个事件发生以后，我曾不断反复思索其中的意蕴。我发现“红莓女”未曾以充满责备或者恨意十足的眼神看着我们。她的目光中反而带着柔情。她露出了微笑。她已经转移到彼世，而且那里没有仇恨。既然没有了物质，当然也就不会有仇恨。

尽管如此，那件事在当初却是一段令我俩深感震撼的经历，对我而言也不例外。我俩都被吓得失魂落魄——在接下来的一个多星期内我们一直处于惊魂未定的状态中。可是如今假若她再度露面的话，我一定会张开双臂欢迎她。

只不过，这一回她并没有现身……

世上没有死亡，斯坦。而且世上没有死者。

·2·

我回来了。你还坐在电脑前面吗？

我正在电脑的周围走动，斯坦。新的气候报告有何表示？

内容相当令人不安，而且报告中指出，“联合国政府间气候变化专门委员会”迄今的各项公报都过于保守。它们未能充分考虑到所谓的“反馈机制”。简而言之，那种讲法的意思是：变得更热以后，就会变得越来越热。如果北极的冰雪融化了，被反射回去的阳光将大量减少，造成整个地球的温度上升。这又反过头来导致永冻层融化，释放出更多诸如甲烷之类的温室气体。更何况除此之外还有许多种类似的“自我强化机制”。或许我们正走向致命的倾覆点，从此以后将再也无法逆转一场全球性的灾难。没有多久前，我们大多数人都还认为至少要等到半个世纪之后，北冰洋才会在夏季的月份完全无冰。如今我们却赫然发现，这个进程的发展速度比预期快了许多，或许在仅仅二十年内就会达到那种地步。北方冰层的消失，同时也促成亚洲、非洲和南美洲的冰川加速融化。其结果就是这些重要的水源地随之缩小，而且河流每年都会干涸一段时间，连带明显殃及千百万人的粮食收成和饮水供应。然而受到伤害的对象不仅仅局限于人类而已。该报告进而指出，全世界将有高达百分之五十的动植物物种面临威胁。

我们正在对自己的行星做出什么事情呢？这是问题所在。我们只有一个地球，而且我们必须与后代的子子孙孙共同分享它。

但现在是你和我相互对谈的时间。我还应该继续这么讲下去吗？

没问题，尽管继续讲下去。现在我去起居室整理旧报纸和杂志，一听到我的电脑发出收到邮件的提示音就会马上赶回来。

我当然对马格利特的那幅画作记忆犹新。它曾经是挂在我们卧室墙上的醒目海报，而最近我又上网找到了它。其法文标题叫《比利牛斯山的城堡》，画中呈现出一个自由飘浮在空中的世界——最起码那是你和我所选择的诠释方式。我俩都曾经是不可知论者。我们不愿轻易接受一个自古流传下来的想法：万物必有根源，所以一定有一位“神”创造了世界。当时我们固然可以讨论，在我们所称的“宇宙”背后是否另有一个机制。然而我们都不相信会有任何更高权威以任何形式做出“启示”。在另一方面，我俩一直对我们自身的存在和世界的存在深感惊叹。

苏伦，我直到今天都还大致维持相同的人生观感。我永远不会停止对世界的存在感觉惊叹。无论当初在山上桦树林内出现的是什么，相形之下它只不过是一个小了许多的神秘事件——如果你问我的话，我觉得它其实微不足道。马戏演出和杂耍表演令我着迷的程度，永远都比不上草原地区与热带雨林，或者是宇宙中数不胜数的星系，以及星系之间多达几十亿光年的距离。

我和昔日的你一样，对本身就是一个谜的世界兴致盎然，对世间的各种“谜团”却不那么感兴趣。我比较关心的是自然现象，而非超自然现象。我们深不可测的大脑令我感到神奇的程度，又远甚于各种关于“超感觉现象”的零碎传闻。

我不相信，量子物理学当中的各种矛盾现象能够被广泛套用到物理学，更遑论是套用到“精神”现象——例如高等哺乳动物之间的思想传递。不过，世上存在着高等哺乳动物，而且我自己身为其中的一员，这是非常令我着迷的事情。反正你必须寻觅很久，然后才找得到有谁会比我更对自身的存在感觉惊叹。这是一个相当大胆的说法，不过我敢这么讲。所以就“目光短浅”这项指责而言，我并不觉得自己是应受到你抨击的对象。

可是你自己到底变成什么样的人？你究竟走向了何方？

你表示现在你对彼世深信不疑，并且宣称世上没有死亡。但你是否仍然保持了自己原有的能力，有办法对你当下活在世上的每一分一秒感到喜悦？或者你对彼世的关注，如今已逐渐排挤了此世的事物？

你还会像以前一样，因为生命“如此短暂，如此短暂”这个事实，于是感觉到无尽的哀伤吗？而那些都曾经是你自己的用语。你想到“老年”和“寿命”这一类的字眼时，仍然会热泪盈眶吗？你看见日落的时候，还会忍不住潸然泪下吗？接着你又毫无预警地睁大眼睛惊慌喊道：“斯坦，总有一天我们都会离开人间！”或者表示：“有朝一日我们将再也不存在了！”

并非每个二十岁的年轻人都具备这种能力，能预先想象到自己总有一日将不复存在——至少其他年轻人的反应不会像你这般强烈。然而当我俩生活在一起的时候，那几乎已成为我们每日的着眼点。从前我们不是经常为此而一头栽入各种最狂野的惊险动作吗？时间久了以后，我不需要再追问你为何哭泣。我知道原因何在，而且你也晓得我知道原因。所以每当你流泪的时候，我就提议前往森林或山区健行。我俩曾经在林中或野外进行过无数次这种抚慰心灵的郊游。你热爱户外活动。可是你对时常被你称为“大自然”的事物之喜爱，在某种意义上就好比是单相思，因为你始终明白，总有一天你将被自己所钟情的事物离弃，到头来只能自求多福。

从前的状况便是如此。你就在笑声与哭泣之间来回摆荡。在你所表露出来薄薄一层对生命的狂热喜悦下面，总是潜藏着忧伤。我自己的情形也一样。不过我认为你的忧伤比我来得更加深切，你的热情和欣悦也更加真诚。

现在再回到“红莓女”。我无意否认她的存在，而且当时我的的确确完全崩溃了。她们二人相似的程度实在高得吓人。可是她怎么会有办法跟踪我们呢？

不久前当我的双手颤抖之际，其实是我自己的人生在颤抖。三十年的光阴已经过去了，如今等到我们重新在同一个地方漫步的时候，我突然再清晰也不过地惊觉，真正年轻的时候是何模样，以及从前的我们又是何模样。当年就在山坡上的桦树林内出了事，而那个该受诅咒的东西骤然将我俩撕裂开来，使我们远离了彼此。

那天我拉住你的手，当然也是因为我们即将再度经过同一片桦树林的缘故。我回忆起它在许多年前给我们带来的慌乱。此外我也记得昔日我们有多么胆战心惊，而且我不否认，当天自己又重新感到一阵不寒而栗，但这并非担心又要见到鬼怪才出现的畏惧。其实畏惧也能够来自害怕无法摆脱自身的疯狂——或者别人的疯狂。畏惧就跟疯狂一样，也可以具有传染性。

自从发生那个事件以后，你就变得再也不是你自己。接下来的几个星期，有时我甚至害怕跟你待在同一个房间。我只能屏息凝神，衷心期盼你将会恢复原状。然而你还来不及恢复原状，就已经带着自己的几件东西离开了。随后许多年内，我心中一直惦记着你。我认为你随时都可能回来按下我的门铃。到了夜半时分我又觉得，你或许将在我入睡以后走进房间，因为你把你的那一串钥匙也带走了。我躺在空荡荡的双人床上对你思念不已，但同时我也害怕，你在变回昔日我所认识的苏伦以前就蓦然重返。于是过了几年之后，我在门上加装了一道安全锁。

“红莓女”直到现在仍然是我生命中的一个神秘事件。可惜当时我们都还太年轻，更何况那是三十多年前的往事，我已经不晓得该做何感想了。

哎呀！斯坦。

你刚才说的又是什么意思呢？

现在尼尔斯又回来重新站在那里，让我无法集中注意力。只要他站在梯子上，反复把刷子浸入一桶绿色油漆里面，我就无法回想三十年前的事情。莫非油漆一定要涂上两层吗？难道不应该至少等上一天，让第一层油漆干透吗？

那么你就去做一些其他的事情吧。我会继续在这里待上几个钟头。

我拿来了一杯苹果汁，加了四块冰。现在那两条腿和铝梯都已经消失不见，谢天谢地！但他总不至于又回来涂第三层油漆吧？

就不可知论者而言，我们都曾经是“活生生的木偶”！你还记得吗？从前我俩随时随地都抱持一种神秘的人生观，并且认为只有我们才拥有那种观点。我们都是边缘人：我们为自己创造出一个神奇的化外之地，让自己有机会冷眼旁观一切事物，就好像我们创立了自己的宗教。当时我们也真的这么讲：我们拥有自己的宗教。

但我俩不只是独善其身而已，有一段时间我们还进行过某些“传教”活动。你想必还记得，我们经常在星期六拿着一个装满小纸条的袋子穿越市区，散发传单似的把纸条递给周遭的人们。在前一天的晚上，我们就用一台旧打字机敲打简短信息——给全体市民的重要通告：世界就在当下，就在这里！

我们把同一则讯息打出好几千份，接着很小心地裁成纸条并且折叠起来，然后搭乘有轨电车前往国家剧院。我们下车以后或者在学生林园的花园内找好地点，或者就在城铁站阶梯前方散发我俩的小小思想结晶，试图借此将一部分市民从我们眼中的精神麻木状态摇醒过来。我们乐此不疲。许多人友善地向我们微笑致意，但也有不少人出乎意料地表示不满。某些人因为我们提醒了他们自身的存在，于是感觉受到冒犯。

更何况二十世纪七十年代初期的氛围，使得对生命意义的苦思冥想，在政治上变成了不正确的举动。许多“左倾”人士认为，向世人指出宇宙是一个谜团的做法具有反革命色彩。他们所在乎的不是要了解世界，而是要改造世界。

我们那则小小讯息的灵感来源，就是圣诞节拉炮里面的愚蠢笑话纸签，而且我们原本是打算在一场大学生派对上，举办类似圣诞节的庆祝活动，然后将这纸条散发出去。你还记得这回事吗？此外我们更打算号召一场另类的示威活动，例如在五月二日上街游行。虽然我们只不过是写出几句标语以后就没了下文，但即使是标语也不是随便写的，而是有先例可循。巴黎大学生进行抗议活动期间，他们在索邦大学墙壁上涂写出来的口号当中，也包括了“一切权力归于幻想”或“死亡是反革命”！我们甚至还想象出一个游行队伍，所有人的手中只持这种标语牌。斯坦，你真是创意十足。

我们经常前往画廊和音乐厅，但主要目的并非欣赏艺术或音乐，而是要观察活生生的木偶。我们将此类活动一概称为“魔术剧场”，而那是我俩阅读赫尔曼·黑塞《荒野之狼》

以后的事情。有时我们也坐在咖啡馆里面，对特定的活木偶仔细进行观察。他们当中的每一个男男女女，本身都是自成一格的小宇宙。我们不也把他们称为“灵魂”吗？我确定我俩曾经那么做过。反正我们所观察的并非“机械化的”木偶，而是“活生生的”木偶。那是我们当时的用语。你可还记得，我俩如何坐在一家咖啡馆的角落内，以那些活木偶为角色，编织出复杂的故事情节吗？我们更可将其中若干“灵魂”带回家，于随后几天内继续精心处理。我们给他们取了名字，并幻化出他们完整的人生传记。通过这个方式，我们以纯虚构的标准建立起一座万神殿。而在我们“宗教”当中的一个重要因素，就是这种几乎不受羁绊的人类崇拜。

接着我们在卧室墙壁挂上了马格利特的那幅海报。我们是在位于贺维库登的“赫妮—翁斯塔艺术中心”把它买来的。

讲起卧室，我们能够在大白天窝在床上，而且往往在床头柜摆放一瓶香槟和两个酒杯，连续好几个小时坐着相互大声朗诵。我们读斯坦·麦伦以及奥拉夫·布尔的作品——尽管所谓的“核心文学[1]”在当时遭到鄙夷，我们还是那么做了。我们也阅读扬·艾瑞克·沃尔德，并把他写出的每部作品都

① 核心文学（Sentrallyrikk）是探讨生命、爱情、渴望、悲伤、死亡等人生“永恒问题”的北欧文学体裁。

读过一遍。此外当然还有拉斯科尔尼科夫(《罪与罚》)以及《魔山》，而且就连整本的小说也能够成为此类“床上香槟计划”当中之一环。我们口中所称的“香槟”,其实只是一种名叫“金力”的水果气泡酒。尽管它价格低廉而且味道很甜，喝起来却相当强劲，于是得到了香槟名称。

我们发现拥有血肉之躯是如此神奇的事情。过着男人和女人的生活如此美妙，而且我们乐在其中。但正是由于肉体上的幸福，我们才同时意识到自己是会死亡的凡人。那时我们宣称“秋季之始在于春”。虽然我们当时二十出头，但我们都相互承认，已经感觉自己开始变老了。

生命是一个奇迹，对我们而言它显然是值得不断庆祝的东西。庆祝的方式可以是临时起意在夏夜的奥斯陆近郊森林内漫步，可以是同样随兴而发的驾车出游。有一天你说道：“现在我们去斯科纳[①]。”五分钟以后我们就坐在汽车里面出发上路了。我俩从未去过那个地方，甚至还不晓得该在哪里过夜。

你还记得我们何时来到了当地著名的“隆格伦姐妹”田园咖啡屋吗？我们都未曾合上双眼，只是不断地开怀大笑。后来我们躺在草地上睡着了，结果被一头母牛惊醒。假如它

---

① 斯科纳（Sk.ne/Scania）是瑞典最南端的省份，当地方言比较接近丹麦语和挪威语。

没有跑过来的话，几秒钟以后我们铁定会被蚂蚁咬醒。我们就像发了疯似的到处跳来跳去，企图把那些小讨厌鬼从身上拍掉，但它们不光是在我们的衣服外面流窜而已，甚至还钻了进去，钻到最里面。那些你所称的“瑞典蚂蚁”把你气得咬牙切齿，觉得一切都像是对个人的侮辱。

突发奇想打算踩着滑雪板穿越约斯特达尔冰川，则是另外一个可与之相提并论的脱序行为，属于你刚刚所称的“惊险动作”。此事发生在三十多年前的五月的某日。有一天下午你突然宣布：“我们要踩着滑雪板穿越约斯特达尔冰川！”那句话就像是命令一般，因为按照昔日我俩之间的不成文约定，每当一方出现这种怪念头之时，另一方都必须无异议服从。过了没几分钟我们就打包完毕，随即驾车出发。我们可以在山中或者在莱达尔[1]随便找个地方过夜，或者在汽车上睡一觉也无妨。反正当年我俩既狂放不羁又毫不妥协。我们计划一抵达那边的峡湾，就肩上扛着滑雪板直奔冰川。曾经听说，假如时间太晚而来不及立刻展开滑雪板之旅的话，当地有一栋石头小屋可供人过夜。但我俩从未接受过任何与冰川有关的训练，由此可见我们的做法完全不负责任。反正不

① 莱达尔（L.rdal）是海姆瑟达尔西北方的行政区，人烟也非常稀少（平均每平方千米仅有两个人）。

管怎么样，那次的冰川之旅最后还是不了了之。首度有东西让我俩败兴而去（你晓得我讲的是什么），结果我们在旅馆待了整整一个星期，然后才垂头丧气地回家。旅馆的住宿并不便宜，而且大学生无法享受折扣。我们并不只是因为手头拮据才会伤透脑筋，毕竟我们身上还有支票簿。

我写出这些东西，是为了强调今天我仍然对人生抱持完全相同的着迷态度。你曾经问过我："但你是否仍然保持了自己原有的能力，有办法对你当下活在世上的每一分一秒感到喜悦？"而我的回答是肯定的。

不过在很多方面还是有所改变，因为中间发生过特殊的事情——其实是出现了一个全新的时空。你问道："你还会因为生命'如此短暂，如此短暂'这个事实而感觉到'无尽的哀伤'吗？……你想到'老年'和'寿命'这一类的字眼时，仍然会热泪盈眶吗？"如今我可以如释重负地回答："不会。"我已经不再哭泣。现在我是用宁静的生活态度，来看待自己未来将面对的事情。

肉体上的存在依然带给我极大喜悦，即便喜悦感已不像昔日那般强烈。况且在我当下的生命里，身体只不过是个外壳而已，亦即是一种外在和非本质的东西。我不至于长时间继续拖着它走。现在我确信的是，我自己口中所称的"我"

将在肉体死亡以后存活下去。我不再觉得我的身体就是“我”。它“是我”或“属于我”的程度,不会超过衣橱里面的旧衣服。我将不会把它们一起带走，就好比我也不会把洗衣机，或者是汽车和信用卡带走一般。

我非常乐意告诉你更多这方面的事情，比乐意还要乐意。目前我经常钻研《圣经》,并非只是阅读超心理学的资料而已。对我来说,《圣经》与超心理学并行不悖，说不定这与你同时排斥二者的态度有着异曲同工之妙。

现在我想问你的是：今天你到底相信什么？我知道你的信仰背景，可是你的生命中是否也添加了新成分呢?

谢谢你发来上一封邮件。你已经不再像在其他某些邮件当中那般自以为是。现在你稍微伸出了友好之手,但手上是空的,斯坦。我真巴不得将一些奇妙的东西放入你手中。我盼望有朝一日可以设法给你一个生动鲜明的示范,来证明世上没有死亡。等着看吧，总有一天我会那么做！但直到那时为止，我都会感谢你在我们断绝通信三十多年后，还愿意开启这个通道。

我很难过地读到，最后你竟然对我心生畏惧。你从来都没有那么表示过。当初我还以为你只不过是打算自我隔离，因为我的新想法让你感觉厌烦。

但不管出现过什么样的状况，我们彼此都有义务要珍惜从前的我们，以及我俩在发生“你也知道的那件事”和你认为我“失去理智”之前所共同拥有的事物。我从来都没有失去理智，只不过昔日发生的那个事件确实充满了戏剧性，使得我忽然从一种人生哲学转换到另外一种。最富戏剧性的事件是我俩的决裂，因为我所离开的社群里面，总共就只有两名成员。

你可还记得其他的一切？你可还记得我俩进行过的各种冒险活动？我认为你只记住了你自己想记住的东西。

我当然还记得，而且我经常回想起我们共同生活的那五个年头，把它们看成是我生命的真正核心。

有一次我们决定步行前往特隆赫姆[①]，于是我们真的就大老远走路过去！当我们决定要在米约萨湖驾驶帆船之后，果真就到那个湖上扬帆。某天我们坐在“艺术之家画廊”里面的咖啡厅，突发奇想打算骑自行车去斯德哥尔摩。于是我们回家睡了几个钟头，接着便骑自行车前往斯德哥尔摩。

我们所做过的最疯狂的事情，就是那次在哈当厄尔高原

① 特隆赫姆（Trondheim）位于挪威中部，而奥斯陆位于挪威东南部，两地之间有一条长约640千米的著名朝圣路线。朝圣路线经过奥斯陆北方100千米的米约萨湖（Mj.sa）。

的探险活动。我俩打定主意，想要尝试连续几个星期过一过石器时代人类的生活。我们搭乘火车进入山区，然后在海于加斯特尔西南方几千米外的山坡上，将石壁下方一个状似洞穴的岩架建设成我们的家。我们带着御寒衣物和毛毯一起过去。我们预先准备好两大包三明治，以便在设置营地的最初几个小时内有东西可吃，而且为了安全起见，还携带薄脆面包片和饼干作为紧急口粮。此外我们还备有一口锅、一卷钓鱼线、一把猎刀和两盒火柴。而那也就是全部的家当。唯一真正时代错乱的东西，就是你带去的一盒避孕药。避孕药的硬纸板包装也被我们拿来当作日历使用，因为我们没有其他计算时间的方法。我们在第一天主要是以岩高兰、云莓和蓝莓之类的浆果维生，同时靠热腾腾的杜松子茶来增强活力。第二天我们发现了一些可改造成钓鱼用具的鸟类骨头；接着我们又挖出蚯蚓，从此开始用一块石板烤熟钓到的鳟鱼。原本还希望能够抓来一只野兔或松鸡。可是野兔跑得太快，而松鸡总是在我们扑向它们的关键时刻振翅飞走。对肉类的饥饿感与日俱增，于是在瞥见一群野生驯鹿之后，我们便移开大石块挖出一个陷阱，用矮桦枝、地衣和苔藓在上面伪装。虽然此后再也没有看到过那群驯鹿，但最后有一只小羊跌入我们的陷阱，于是我们狠下心来把它宰杀剥皮，靠着它又过了几天日子。羊骨被用来制成了鱼钩和厨房用品，同时我用它磨制出一件首饰，用强韧的蔓藤把它穿起来挂到你的脖子上。此后我们多出了一张羔羊毛皮。这是一大福音，因为白昼已开始变得越来越短，有一天早晨地面上还铺满了霜花。直等到那时我们才收拾行囊，而且心中充满胜利感。最后只剩下四颗药丸，表示我们已经度过了十七天的穴居人生活。很显然，我们也藏匿得非常好，因为在那段时间内我们没有遇见任何人。我们已经向彼此证明了，自己有办法像石器时代的人类那样生存下去。不过能够回到家里真好，可以享受沐浴、双人床和一瓶金力。接下来一天半的时间内我们几乎没有离开过床。我们浑身僵硬，深受时差之苦：我俩宛如在时光中旅行了好几千年一般。

如今回想起来非常有趣，而我生命的精髓说不定就是那十七天，当我们主动与世隔绝，联袂在山间置身苍穹之下的时候——只有你和我。可是你今天的想法如何？你相信什么？

这个问题也许有点儿含糊。那么，现在就让我们玩一个小游戏。你正以教授的身份，百无聊赖地斜靠在大学研究室的椅子上，而我是一个过来敲你房门的女学生。你邀请我进来，但你其实是因为有人登门造访而喜出望外。我入内后开口问道：“教授，你在课堂上教给我们的一切都非常引人入胜，可是你对你自己不晓得答案的事物，又抱持着怎样的信念呢？”你最喜欢的女学生提出这个既直接又高度个人化的问题，让你感觉受宠若惊，于是即兴进行一场小型讲座。来吧，斯坦！我正在等待这个小型讲座。（但是请不要讲得太长。看样子今天晚上又要烤肉了，到时候我最起码得准备沙拉。）

你真会打趣！我又怎能拒绝得了这种诱惑呢？

反正你不得拒绝。

那么我就从上次停下来的地方接着讲，因为我相信我们就是那些石器时代人类的苗裔——而且他们没有猛吃避孕药。我们和他们同样都属于“智人”这个物种，是“直立人”的直系后代，而“直立人”又源自“能人”以及更古老的“非洲南猿”。

首先，我们是灵长类动物，苏伦。你还记得此事吗？如果我们回溯到好几百万年以前，便可发现我们与黑猩猩和大猩猩具有相同的起源。你当然知道这一切。我们曾经对此进行过讨论。而这项认知是在背后产生刺激作用的诱因之一，使得我们对生命产生了强烈的感觉，觉得自己是大自然的一部分。其次，我们是哺乳动物，与哈当厄尔高原上的野兔和驯鹿并无二致。而这种类型的脊椎动物是在两亿年前，从“似哺乳爬行动物”——所谓的“兽孔目”——演化出来的。

不过为什么要回溯呢？因为回溯过去就像是逆流而上。我们何不干脆把自己摆在另一端，从肇始之初来进行一场惊心动魄的旅程？但我只会做简略的回顾。

依据最新的估算，这个神秘莫测的宇宙大约诞生于一百三十七亿年前。当时所发生的事情，被我们称为“大霹雳”或“宇宙大爆炸”。如何？为何？不要问我。而且也不必问其他任何人，因为没有人知道答案。反正在几分之一秒的时间内出现了一个巨大的能量释放，随即凝聚成质子和中子，此外还有电子以及其他所谓的“轻子”。等到宇宙冷却下来之后，先是出现轻物质，随着时间的发展又形成恒星和行星、星系与星系团。太阳系和我们自己的行星已经存在了四十六亿年左右，也就是说，其年龄大约为宇宙的三分之一，而且我们对地球的历史和演进过程略有所知。

三十亿或四十亿年前，地球上开始出现最原始的生命形式。它们或许是从无到有在这里发展出来的（如果你想的话，可以称之为“本土产生的”）；然而生命的基石（我们亦可称之为“生命起源之前的材料”）也有可能来自遥远的地方，是彗星或小行星撞击的结果。但无论如何可确定的是，当时地球的大气层中还没有氧气，因此我们的行星起初也完全缺乏具有保护作用的臭氧层。二者都是重要的先决条件，有助于有机物大分子的形成，于是我们在此遇见了一个有趣的矛盾现象：在刚开始形成生命的时候，一定缺乏了繁衍生命所必需的条件（诸如富含氧气的大气层，以及具有保护作用的臭氧层）。因此最初的活细胞据推测是在海洋中进化出来的，也许是在很深的水下。自由存在的氧气以及臭氧层都是光合作用的结果，因此它们是生命本身的产物，成为较高等生物能够在地球生存下去的必要基础。但从此不可能再度演变出全新的生命。在这颗行星上面，一切生命的起源因而极可能同样久远。

一直要等到在地球历史上的太古时期——或我们所称的前寒武纪——演化出光合生物之后，才有了适合诸如植物和动物之类较高等有机体生存的条件。接着在寒武纪（五亿四千三百万至五亿一千万年前）出现了第一批软体动物和节肢动物，在奥陶纪（五亿一千万至四亿四千万年前）则是第一批脊椎动物。内骨骼给予生命崭新的机会，于是脊椎动物的一个小分支在五亿年以后派遣代表闯入太空，并开始研究我们的宇宙起源。

志留纪时期（四亿四千万至四亿零九百万年前）出现了第一批陆上植物，而且如今也首度形成陆上动物，其中最早的是蝎子。它们是蛛形纲的节肢动物，率先在干陆地上爬行。但是早在泥盆纪（四亿零九百万至三亿五千四百万年前）的末期，已经有两栖类动物爬到岸边，其中尤以迷齿亚纲为然——它们源自肉鳍鱼纲的一个分支。到了石炭纪（三亿五千四百万至两亿九千万年前），陆地脊椎动物演进得非常快速，起先出现种类繁多的两栖动物，而后爬行动物也逐渐登场；这个发展趋势在二叠纪（两亿九千万至两亿四千五百万年前）继续进行下去。此阶段最典型的现象，就是有许多爬行动物适应了较干燥的气候；在这个时期也开始出现第一批兽孔目，而这种类型的爬行动物就是一切哺乳动物之共同祖先。

在三叠纪期间（两亿四千五百万至两亿零六百万年前）出现了第一批哺乳动物和第一批恐龙。恐龙从三叠纪末期开始主宰陆地，接着通过整个侏罗纪（两亿零六百万至一亿四千四百万年前），直到爆发一场全球性的大灾难为止——据推测有一颗陨石在白垩纪（一亿四千四百万至六千五百万年前）末期撞击墨西哥湾的犹加敦半岛，消灭了最后的恐龙。但恐龙并未就此完全退场。所有的迹象都指出一个事实，当初你和我试图在哈当厄尔高原捕捉的松鸡，其实就是一个特定恐龙家族的直系后裔，而且松鸡的起源与其他各种鸟类一模一样。古生物学家们现在往往开玩笑地表示：鸟类就是恐龙。

不过你和我以及其他所有的灵长类，则都起源自一种类似“尖鼠”的食虫动物——它们一等到暴虐的食肉恐龙在六千五百万年前灭绝之后，便迫不及待地跑出来大显身手。你还记得我们曾经以此大开玩笑，自称我们都是尖鼠吗？

在整个第三纪（六千五百万至一百八十万年前），我们这个分支的哺乳动物——灵长类——演化得极其快速。而我们自己的远祖，亦即我已经提到过的“南方古猿”或“类人猿”，则在接近第四纪的时候现身（一百八十万年前），而第四纪正是我们自己的地质时代。

这就是我所相信的事情！我相信宇宙学和天文物理学提供给我们的知识，而且我相信生物学与古生物学所能告诉我们的地球生命演进过程。我对自然科学的世界观完全深信不疑。纵使那种世界观不断出现改变：相关研究往往每向前走两步就走偏一步，或者向前走一步就有两步走歪了。但我仍相信自然法则，而且追根究底下来这就意味着相信物理学和数学的法则。

我相信实际存在的东西。我相信事实。我们固然还不明白一切，我们还无法看透所有的事情——我们的知识漏洞百出。可是我们所通晓理解的事物，已经比我们的祖先多出许多。

光是在过去的一个世纪我们就洞悉了那么多东西，难道你不觉得此事确实令人印象深刻吗？我们可以把一九〇五年的爱因斯坦“狭义相对论”当成我们世纪的起点。在“$E = mc^2$”这个公式背后所隐藏的对宇宙本质的认知，深刻得令人几乎不可置信：能量可以转化为质量，而质量可以转化为能量。哈勃在二十世纪二十年代发现了“宇宙学红移”现象，并可借此确定星系相互远离的速度与彼此之间的距离成正比。这绝对是二十世纪最重大的突破之一，因为它让人晓得宇宙正在膨胀中，而大霹雳就是宇宙的起源——这个理论此后已经多方证实，证据之一就是“宇宙背景辐射”，因为它告诉我们，宇宙自从一百三十七亿年前的大爆炸以来，至今仍然是热的。一九九〇年的时候，以哈勃命名的巨型太空望远镜被送入环绕地球轨道，经过必要的修理和矫正后，它已可将极为重要、来自数十亿光年外的照片传给我们，于是同时也回溯了数十亿年以前的宇宙历史，因为向外瞻望宇宙就等于是回顾时间。今天已经没有多少东西能够阻止我们回头看见宇宙的起源，即便我们无法更进一步回顾大爆炸之后三十万年以内的情况。在这整个世纪当中，生物化学以及我们对生命的认识，也以惊人的速度有了长远的进展。其里程碑之一就是克里克与华生在一九五三年测绘出DNA分子的双螺旋结构。另一个里程碑则是为人类的基因组——亦即将近三十亿个构成人类染色体组的“碱基对”——制作图谱。这份基因图谱已经在二十世纪末制作完毕。就我们对宇宙和物质本质的认知而言，下一个里程碑将是人类有史以来最伟大的物理实验，由“欧洲核子研究组织”（CERN）在二〇〇八年的某个时候进行，届时将操作一台崭新的粒子加速器，借以研究在宇宙大爆炸零点零零零零零零零零零零零一秒之后，宇宙是由哪些基本粒子所构成的。我们对宇宙历史的理解若能回溯到宇宙最初微不足道的几分之一秒，或许从那天开始我们就可以停止对人类的认知不足做出抱怨。

从前人们往往喜欢表示，讨论诸如“世界起源”或“生命内在本质”之类重大的问题，就跟争辩月球背面的形状一样没有意义，因为月球永远只是用正面朝向我们。可是那种论调在今天已经变得既幼稚又站不住脚——自从展开探月之旅以后，我们随便在一家书店都找得到月球背面的详细照片了。

确实给我留下了深刻的印象。其实一点也不，我是在讲反话！

你让我联想起一个小男孩，因为无法回答别人向他提出的问题，于是顾左右而言他。我问的是“现在你对世上的奇迹抱持何种信念”，而非你自以为你自己或其他人已经晓得的东西。

你总不至于认为，我们那个可爱的小女生之所以走进你的研究室，是为了向你提出那样的问题吧？她八成不会想把你当成参考书使用。

我绝对无意驳斥你针对天文学、古生物学，或科学史所做的诠释。我欢迎你那么做。可是你却滔滔不绝地陈述了一般事实。这表示你根本没有回答任何东西。你未曾提出论据来说明那一切是如何及为何发生的。你只不过是反映了我们每一个人眼前出现的世界。

有一个最大的谜团，你却连一个字也没有提到，而且那或许也是最重要的谜团：为何除了肉体之外，我们还拥有闪耀的心灵？我们每个男男女女都是宇宙中的灵魂之一。从前我们不也曾经在那些“活木偶”身上看见此事吗？

不妨想象一下，有一个小孩走到母亲身旁问她：“我是谁？”或者问：“什么是人？”母亲却拿起一把刀子，想把孩子的身体剖开，以便把孩子提出的问题回答得更好。

尽管如此，我还是读到了一小段文字，而且反复读了好多次。你写道：“依据最新的估算，这个神秘莫测的宇宙大约诞生于一百三十七亿年前。当时所发生的事情，被我们称为‘大霹雳’或‘宇宙大爆炸’。如何？为何？不要问我。而且也不必问其他任何人，因为没有人知道答案……”

昔日我们两人也曾经退避到那个光芒万丈的边缘地带。一切“极度神秘”的事物使得我们委身于一种“欣喜若狂的不可知论”。或许正是这种狂热给予我们能量，我们才得以度过整整十七天的穴居人生活。我们目眩神迷，想要探索穷尽一切事物。至少就石器时代人类生活的模样而言，我们八九不离十找到了答案。

今日我俩之间的差距未必很大。所不同的地方也许仅仅在于，我把你口中的“宇宙大爆炸”称为造物的时刻，或者看成是《圣经·创世记》第一章第三节所记载的：“神说，要有光，就有了光。”

被你贬低成“能量释放”的那个事件，对我而言却是一种创造性的行为。此外我必须从我的观点来表示：既然有办法如此接近上帝的造物之手，达到只距离零点零零零零零零零零零零零一秒的地步，却仍然丝毫感受不到神的存在，那简直迟钝得令人难以置信！我认为那样的人显然灵敏度不足。

不过现在我再给你一次机会。你到底相信什么呢？我指的是，关于我们所不知道的事物。

你删除了吗？

怎么了？

你还记得在撰写回信之前，必须先删除我的电子邮件吗？

记得啊。

你好像老是有办法把我写出来的东西记得一清二楚。例如你不久前所引述的那个段落，甚至是用引号标示出来的。而假如我没记错的话，你还一字不差地复述了我的字句。

你可真逗趣！我的记性向来好得很。我在某些方面颇有一些“能力”。

算你行！

约拿斯和尼尔斯刚刚点燃烤肉架的炭火，我该去准备沙拉了。我现在才注意到，约拿斯已经长得比爸爸还高一点了。不管怎么样，我已可以确定自己将在接下来的整个晚上都被拴住。那么明天呢？

明天我有充裕的时间。祝你们今晚合家快乐。

也祝你跟你那机智风趣的岳父相处愉快。

·3·

早安，有人在吗？

半个小时以前你发了邮件过来。但我现在才坐到电脑屏幕前面联网。

这外面真是令人难以置信。现在完全没有起风，而且天气暖洋洋的十分舒服。我带着电脑来到屋外，坐在小花园的桌子旁边晒太阳，当初外婆就一面在园内照料花草，一面喃喃自语地说道："噢，那位斯坦真不错。"

你也晓得，我们西挪威的人就是这个样子，绝对不错过任何温暖的夏日。为了融入阳光和周遭环境，我穿了一件有细致樱桃贴花的黄颜色夏装，此外在面前桌上电脑旁边，我还放了从码头隔壁"艾德斯杂货店"买来的一小碗樱桃。

那你呢？

我相信我已经提到过，我定居在奥斯陆的诺德贝格区，离你我当年的住处不远。而且我记得我们曾经在散步的时候，有好几次从我现在居住的这栋房子前面走过。它就位于松果路的末端，不过你已经有三十多年未曾踏足这个市区，一定已经记不得此地的街道名称了。

我坐在玻璃阳台上，俯瞰一座朝南的花园。这简直跟坐在户外没有两样。我打开了两扇大大的窗子，时而会有一只熊蜂溜进来，不过它只停留一下子就又飞了出去。贝丽特希望在这里布置鲜花，但是我已经成功劝她打消这个念头，因为花园里面的花花草草早就够多了。作为交换条件，我必须同意整个冬季都要在玻璃阳台上面摆满草木，反正到时候绝对不可能有熊蜂和大黄蜂从敞开的窗口飞入，所以我在此做出了一个典型的婚姻妥协。夫妻双方采取折中办法来达成类似这样的协议，算得上是最起码的要求。

贝丽特刚刚结束休假回去上班。或许我告诉过你，她在奥斯陆于勒沃医院担任眼科医生。我的两个女儿伊娜和娜芸则跟往常一样到处闲逛，而且她们就像夏天本身那般无拘无束，因此现在我是独自待在家里。

我还很清楚地记得松果路，以及昔日我俩在那一带漫步的情景。我们曾经步行前往贝尔格城铁站，有时还一路继续往下走到大学校区，而且不只是两三次而已，斯坦。现在每当我回到奥斯陆，几乎都还会特地前往克林舍转一转。可别忘记了，我在那边住过五年，而且那五年的时间具有重大意义。当地曾经是我的家，而且直到今天我都还会偶尔前往松恩湖[①]绕上一两圈。那儿总不至于是个禁区吧？

当然不是禁区。很高兴听说你自从那时以后还重新来过这里。

① 松恩湖（Sognsvann）是奥斯陆北郊森林内的湖泊，湖周长3.3千米。苏伦和斯坦昔日公寓的所在地“克林舍”（Kringsj.），以及斯坦夫妇所居住的“诺德贝格”（Nordberg）都位于松恩湖附近。

但我从来就没有跟你相遇过。我的意思是，在松恩湖巧遇。

确实没有。现在你自己也看出来了。

看出什么来了？

意外不可能老是发生。

或许那是为了把大团圆节省下来，留待我们一同回到峡湾旁边的老阳台上……

你真有趣。不过当你沿着松恩湖边散步的时候，你走的是顺时针还是逆时针方向呢？

一直是逆时针方向，斯坦。当年我们也都是这么做的。

看来你跟我一样守旧。这意味着，我有可能只是走在你背后五十或一百米的地方而已。但现在我已经开始慢跑了，下一次我应该会有办法赶上你。

此刻我更想做的事情是组合出一个画面，看见你如何面对电脑坐在诺德贝格的玻璃阳台上。我已经记下了那只刚刚飞过去拜访你的熊蜂，谢谢提供资料。不过我还需要若干细节才有办法完全忘记，我们之间实际上隔着两段渡轮航程以及六百千米的陆上距离。你还能进一步描述你的现状吗？

就这么说吧，我身穿一件白色 T 恤，一条卡其色短裤，赤脚。我面前有一张小桌子（其实只是个小架子），刚好足够容纳一台笔记本电脑，窗台上则放着一杯意式浓缩咖啡和一杯矿泉水。我坐在一个吧台高脚凳上面，但我已经记不得它是从哪边“跑”过来的。室外的气温已经上升到差不多二十五度。在一个被杉柏树篱分隔开来的花园里面，我可以看见一棵灰梨树，果实还是青绿色的，以及两棵李子树——蓝紫色的李子几乎已经完全成熟，而且我刚刚想到，这个品种的李子好像叫“赫曼”。一个老旧日晷的四周挤满了一丛丛黄颜色的圆叶遍地金，它们几乎整个夏季都开花；碎石子路两侧密布着白色与红色泡盛草的伞形花朵，它们的花期虽然比较晚，可是直到入秋许久之后，那些花朵都还会像小柱子一般地傲然挺立。

这些信息是否足以弥补两段渡轮航程和六百千米的陆上距离呢？

这些信息非常有用，现在我可以看见你了。可是，短裤？当初你从来都没有穿过那种东西。以前你通常穿的是灯芯绒长裤，有时是褐色，有时是米色，有时还是大红色。可见你确实改变了不少。

现在你可以开始告诉我了，斯坦。我就坐在这里。

开始告诉你？

你还有第二次机会来告诉我，你对你自己无法解释的事物抱持何种信念。

哦，是的。昨天你在家里的时候曾经问过我大致相同的问题，但我已经不大记得自己是怎么回答的了。当你们夫妇在那个星期三离开图书村以后，我继续在旅馆外面的花园来回走动了很久，并且再度扪心自问：当初我俩为何会离开彼此？那正是因为信仰方面的问题。我又被迫想起了“红莓女”。所以我也试着回忆一下，昔日我俩在突然变得死也不肯开口、一切都四分五裂之前，对这一类事情所进行过的各种讨论。

我有一点害怕把那些东西重新挖掘出来，因为你说得很对，我在分手前一天的晚上和夜间已经绝望到那种地步，只能坐在卧室里面一根接一根地抽着闷烟。那时我们已经再也无法相互交谈。我们甚至很难一起待在同一个房间内。当我在清晨时分躺下之际，盒内的二十支香烟只剩下了一支——我对这件事记得非常清楚，因为等到大约一个钟头以后我又爬起来的时候，我坐在床沿把它点燃了。但吸了还不到一半我就把香烟按熄，接着走入客厅，看见你也拿着一支香烟坐在沙发边缘。

虽然你只说出了“斯坦”，但你的眼神意有所指，于是我点了点头。

我知道你会在那一天搬出去，而且你晓得我已经晓得了。但我并没有设法挽留你。

如今过了三十多年，你却蓦然重返，问我到底相信什么。但或许会令你大失所望的是，我并不确定我个人是否“相信”任何东西。在此情况下，描述我所不相信的事情可能反而会比较简单。

我觉得你现在有一点让人伤脑筋。那就这么做吧，你到底不相信什么？

我可以用一个字眼把它表达出来：我不相信任何形式的“天启”。更何况除此之外已经有足够的东西可以令人感到惊叹，而且还有许许多多我们所不知道的事情。在人们可相信或可怀疑的事物之间，几乎不存在任何界限。

是吗？

我们所使用的“相信”一词，可出现在许多不同的脉络中。比方说，我们可以相信曼联队将会击败利物浦队，或者我们可以相信明天将会有好天气。而我们借此表达出来的意思是，我们认为其中的一种可能性大于另外一种可能性。或许曼联队比较有可能打赢星期天的足球赛，而且说不定也有许多迹象能够让人推断，明天确实会有好天气。不过那并非我们在这里所讨论的问题。

此外还有另一种类别的信仰问题，但我们不妨暂时也先把它搁置一旁——我在这方面特别想到了你最近提出的一个问题：我们所称的大霹雳究竟是一个自发性的事件呢，还是上帝造物的结果？没有任何人能够对这个问题做出终极答复；它是一个典型的信仰问题，而且我非常尊重将大霹雳视为上帝神迹的看法，即便“上帝”这个字眼或概念充满了太多的个人想象，以致我自己无法加以使用。我认为在同一范畴内，有另外一个问题也与你切身相关：我们体内是否具备可在死后继续存在下去的“灵魂”或“精神”。我自己虽不相信，我体内有任何东西将会比现在的我活得更久，但这并不表示我认为这种看法违反自然科学，尽管它称得上是处于一个“灰色地带”。我更无意将“对死后的生命之信念”贬低为“没有科学根据”，遑论是劝你放弃这种信念。

你真好。可是呢？

可是我绝对不相信有任何超自然的力量正不断干预人们的生活，而且会过来向我们“显灵”。当初分手之前，我实在应该把这一切表达得更清楚才对，因为昔日导致我出现激烈反应的因素，并非你忽然变得相信死后另有生命，而是由于我反对你基于那种观点，将“红莓女”视为来自彼世的启示。正如同你之前所指出的，“红莓女”曾经是我俩共同的经历。虽然我也立刻把她跟我们在山上湖畔所看见的事情联系到一起，可是我无法相信她已经死于山中，如今从“另外一边”回来跟我们见面。

我明白了。但没有关系，你就继续讲下去吧，斯坦。现在我想先设法充分理解你的观点，接下来轮到我的时候，也绝对会让你懂得我的意思。所以就请畅所欲言，我可以承受得了。

好吧，那么我就继续讲下去：我不相信在人类的整部历史上有任何案例能够证明，神明或天使、精灵或祖灵、阴魂或鬼怪曾经现身，或者通过其他方式向任何个人或任何民族宣布自己的存在。其中的理由简单得不能再简单，因为天下根本就没有那样的东西。

现在我已经吃了五颗樱桃。我每吃完一颗就把樱桃核放回我面前的桌上，这样比较容易知道到底吃了多少。

这里不断有谣言表示，自从一八八三年以来就由同一个家族经营的艾德斯杂货店，现在即将“关门大吉”。虽然在诺拉以及伊特瑞格兰也有商店，而且固定居住在这整座岛上的人口不超过二百人，可是失去我们这个岬角上的商店，还是让我觉得非常可惜。人们当然可以开汽车或骑自行车去诺拉买东西，可是像库格鲁夫这样的小聚落一旦失去了自己的商店，恐怕将会分崩离析——至少在冬季如此，因为游客只有在夏天才会过来。

你还记得那年夏天我俩在岛上进行过的无数次自行车之旅吗？我知道你一定记得。那时我俩每天傍晚都一定要骑车前往南约纳沃格眺望大海和西沉的夕阳，接着于返家途中在所有的小湖里面都游一次泳。

尽管继续说下去吧，斯坦。我并不像你所想象中那么脆弱。你写过，你不相信超自然的力量……

好吧，既然你提出了要求，现在就请用我的伽利略望远镜来观察。你不妨设想一下，“超自然现象”的各种说法都绝对纯粹源自人类自己的想法，而且它们一离开人类以后便失去了任何根据。然而那些现象却在人类身上得到补偿，找到了非常肥沃的土壤。我认为有三个重要的因素在此起了作用：首先是我们过度发达的想象力；二是我们与生俱来的需求，务必要找出隐藏的原因，甚至不惜在找不到原因的地方去寻觅；最后是我们先天的渴望，想要在身后获得一个全新的存在形式，亦即死后的生命。

这种人类天性的大杂烩已被证明为创意十足。在所有的时代，而且在每一个社会和文化当中，人类都想象出一大堆超自然的存在物，诸如自然精灵、祖灵、神明、妖怪、天使与魔鬼。

天哪！我不得不指出，你实在太自以为是了。

不过，请你先看一看我们多彩多姿的幻想生活。每一个人都会做梦，因此没有人能够完全避免自己出现幻觉，而且在某些特定情况下，幻觉更可能发生于清醒状态。结果我们自以为看见了和感觉到什么现象，却不知晓我们观察出来的东西到底有没有事实根据。有谁不曾问过自己，我的这个记忆或那个记忆是否真正来自亲身经历过的事件，抑或那只是我听说过、考虑过、梦见过或想象过的事情？

我自己就曾经遇到某些人声称：他们亲眼看见过“小精灵”。然而我们的头脑随时都塞满了各种感官印象，无怪乎它有时候会热过了头，以致出现一些通常被我们称为“错觉”或“幻想”的小故障。

这些“极为自然的感官错乱症状”之所以会跃升为我们口中所称的“宗教真理”，其原因就在于：我们把自己或别人凭空想象出来的东西，看成是一种“客观独立存在于自我意识或他人意识之外的实物”。我在这里想起了各种东西，从自然精灵（亦即我们在各地古老本土宗教所看见五花八门的神祇），一直联想到世界各大宗教所呈现给我们的档次较高，或经过学术化的概念——例如有一位全知全能的上帝在地球，也就是在我们这颗位于银河系的行星上面，向人类做出了启示。

但话要说回来，我必须在这里针对一个重要的细微差别做出补充说明。除了一些道德理念之外，各种宗教还蕴含着丰富的人类经验，因此本身就可以具备极大的价值。而且正如同前面已经提到过的，我想在这里批评的对象并非人类的信仰生活。事情只有在一种状况下才会超过我所能承受的极限，那就是如果我听见或读到有人宣称，他们与全知全能的上帝有过私人接触，而且上帝曾经向他们说话或者做出启示，交代了每个人都必须听从的特定信息。地球上仍有数以百万计的人相信，上帝单独地跟他们讲过话，并且告诉他们该做什么。此外更有千百万人深深相信，全知全能的上帝掌控了世上所发生的一切事情，不管那是海啸，一场核战争，还是蚊虫叮咬。

我这台笔记本电脑的电池，可能很快即将在此地开阔的海滨“精神衰竭”。我会设法解决电池方面的问题。不过你可以尽管写下去。我的电池眼看着就要没电了，接下来我大概无法继续跟你高谈阔论，但既然碰到这种好天气，我可不想待在屋子里面。

我真的还应该继续这么写下去吗？

是的，斯坦。而且等到你写完以后就轮到我讲，我希望你已经对此做好了心理准备。或许接着我有责任来捅一捅马蜂窝，讲明我们当初遭遇过什么样的情况。我不知道你到底还记得多少那方面的事情，但现在你就继续讲下去吧。

我没办法假装自己期待看见你“捅马蜂窝”。不过既然我们会删除所有的电子邮件，我接受你的条件，所以我就继续讲下去。

我们到目前为止只稍微探讨了可被称为“宗教解决方案”的事物。可是人类的本性不会改变，而且你知道我从来都不相信超心理学关于“超自然现象”和“超感官现象”的一切论调。当我这么讲的时候，我不只是想到了维多利亚时代用于举行降灵会和各类亡魂召唤仪式的沙龙房间。反正那种对现实加油添醋的做法，现在已经有一点过时了。我所想到的，其实是现代有关心灵感应、超感视觉、念力和鬼魂之类红透半边天的想法。除此之外，诸如天使和“冥助”之类的古老概念，过去几年来也重新大行其道。但上述各种想法都是以某种形式的“启示信仰”为依归，而且该信仰与一种概念具有密不可分的关系，那就是相信可以跟某些超自然或超感官的力量进行接触。不久以前还出现过一个数据：百分之三十八的挪威国民宣称,他们相信人类能够与天使进行沟通。

刚才提到心灵感应、超感视觉等伪现象，我现在要在那些伪现象的清单上面，增列了“各种类型的预言”，因为它们也是建立在“命运已经预先注定”的大前提上，而且命运可借由特定的技巧来显示或揭露——尤其往往是透过一些收入颇丰的女预言家来进行。我们在此谈到了一整个命理行业，其营业额或许可与性产业等量齐观。色情行业和神秘主义想必同样容易销售，即便前者涉及“过于自然”，而后者涉及了“超乎自然”。

在我看来，所谓“超心理学”唯一有办法做到的事情，就是为我们勾勒出一个并不存在的图像，亦即一个被虚构或想象出来的景观。但这并不表示一切与超心理学有关的文学作品都毫无价值。就描述广泛存在于百姓心中的想法而言，这种文学作品能够成为有趣的读物，可与宗教史、民俗学，以及其他的人文科学相提并论。我同样不认为神话故事毫无价值，而且庆幸有斯诺里[①]这个人大量搜集了北欧和日耳曼的古代神话，及时拯救它们免于遭到遗忘。

其实我还有更多的话想说，不过我喜欢一边讲一边听意见，因此我赶在你的电池完全陷入瘫痪之前，先把上述试验性的观点传送给你。

* * *

我没有收到你的任何答复，显然你的电池可能已经出了问题。那么我就利用等候回音的空当，继续发表我的浅见。

当我驳斥一切与“超自然”或“超感官”现象有关的看法之际，我也对各种正统宗教的类似概念抱持怀疑态度。它们在我眼中是一体的两面，而且我怀疑是否确实有必要画出一条泾渭分明的界线，将各种“启示宗教”与比较散漫无章或非教条式的“超自然现象论”区隔开来。相较于超心理学有如雨后春笋般冒出的“超自然现象”传闻轶事，世界各大宗教的类似叙述已经被冻结成教条，以有条理和有组织的方式，在一个信仰“神力干预”的框架内继续存在下去。

① 斯诺里·斯图鲁松（Snorri Sturluson, 1179—1241），是古冰岛历史学家、诗人和政治家。

但怎么可能会有办法在“信仰”和“迷信”之间划分出界线呢？一方的信仰就是另一方的迷信，而且反之亦然。这也是为什么正义女神的天平有两个秤盘。

像我就看不出“说方言”与降神师的招魂术有何区别。教会中“说方言的人”不也正是“灵媒”吗？而且我同样无法分辨的是，宗教性的预言跟不断推陈出新的降神术之间究竟有什么差异。不管我们把那些现象称为“奇迹”或“念力”，还是“升天”或“飘浮”，那在我看来只不过是殊途同归而已，因为它们在每一个案例当中的做法都违反了所有的自然法则。

有关“超自然力量”可在某些罕见情况下向我们做出启示的想法，是民间信仰、超心理学和世界各大宗教的共通之处——与我们所称的自然法则或科学世界观完全背道而驰。你虽然使用了“现身”一词，但那在意义上跟“启示”几乎没有什么差别。

就你所谈论的超心理学研究而言，其主要动机之一正是企图为死后另有生命的信仰找出科学根据，而自从达尔文主义和自由思想开始对传统宗教造成威胁以来，那种做法已不断获得新的动能。你曾经提到过莱恩夫妇，我对他们也略有研究。他们夫妇二人以及其他实验超心理学先驱的主要愿望，就是想要证明灵魂不死。只要他们有办法提出确凿证据，证明心灵感应是一个真实的现象，那么应该就比较容易捍卫对“人类灵魂不死”的信仰——亦即相信“自由的”灵魂只是暂时客居在大脑内，与大脑并无不可分割的关系。可是直到现在都还无法在这方面找到难以反驳的证据。

现在我发出这封邮件。你收到它了吗？

收到了！我在工具棚里面找到一条老旧的延长线，现在已经能够连接到屋内的电源。有了长长的红色连接线以后，这台笔记本电脑仿佛成为岛上电力系统的卫星。它因而暂时在实体上与房子和周遭地区连接起来——却并非不可分割。

此外我们刚刚在屋内架设了无线局域网络，而且整个小花园也位于有效范围内。因此我不需要任何插座或连接线，就可以坐在这里跟全世界沟通。

你不妨试着想象一下，不光是人类能够建立起这样的无线网络……

你正在想着心灵感应，或许也还想到了与死者灵魂的接触？

我想到了各式各样的东西。不过我宁愿先让你讲完自己的意见，这样我可以有足够机会来理解你，所以就由你先讲出自己的看法，而我会在中间不时插话和提问。接下来再轮到我说出跟我有关的一切。

那绝对没有问题。但我们可千万别忘了最后一部分，因为我也想尝试去理解你。

此外我还必须向你详细叙述，当初我们到底经历过什么事情，因为我无法将那次的遭遇与我今日的宗教立场分开来看待。我认为你很可能忘记了某些事情——我指的是某些最具关键性的重点。而刚才已经提到过，我的记忆力非常好。

难道接下来我们真的要旧事重提吗？我是说，难道你果真打算那么做，而且我们应该那么做吗？毕竟当初我俩曾相互做出承诺，永远不要把那件事情再挖掘出来。

就让我们拭目以待吧。反正现在才刚开始而已。

当我刚找到那条长长的延长线，并把它拉到花园来的时候，英格丽就已经眼珠骨碌碌地盯着我看。她喊道："我还以为你在休假呢。”她显然以为我正在处理教师课程研讨会的相关事宜，或者是准备下学年度的法语课程——对了，今年我还会教几个小时的意大利文。其实那两种可能性本身都不会特别令人惊讶，因为再过一个星期左右就要开学了。尼尔斯和乔纳森不久以前刚刚钓完鱼回来。尼尔斯简直是以焦虑的眼神看着我和延长线，然后才走过来摸了摸我的脖子，并且拿走几颗樱桃。他装作若无其事地故意不看我的电脑屏幕，反正在耀眼的阳光下也不那么容易读到屏幕上的东西。我相信他早就料到，我正在跟某个人互发电子邮件。而且我怀疑，他已经猜出来那个人就是你。我不敢说出自己正在写些什么，或者写邮件给谁；但他似乎也不敢提出这样的问题。

诺德贝格有什么新鲜事？如果那个玻璃阳台上面再不立刻出现动作，你恐怕就会从我的视野消失无踪了。

我这整段时间几乎都只是坐在这里写邮件、等候回音和阅读回复。你总是在我把邮件传出去以后立刻作答。我诚实招认，刚才我走到角落柜那边，给自己倒了一小杯“卡尔瓦多斯[1]”。手上的这杯意式浓缩咖啡太没劲了。

---

① 卡尔瓦多斯（Calvados）是法国“下诺曼底”卡尔瓦多斯省特产的苹果白兰地。

别再走去角落柜那边了，斯坦。现在就继续写下去吧。你刚刚谈到了超心理学和超自然……

我的确谈到了那些东西，是的。

著名的魔术师詹姆斯·兰迪在美国悬赏一百万美元，只要谁能够率先“在适当观测条件下展现任何通灵能力、超自然能力或者特异功能存在的证据”，即可获得这笔奖金。兰迪早在一九六四年的时候，就已经展开这项被称为“一百万美元超自然挑战”的行动，当时他自掏腰包拿出一千美元，准备送给第一个有办法示范超自然能力的人。逐年下来已有更多人纷纷共襄盛举，使得奖金总额很快便增加到一百万美元。可是直到今天为止都还没有人通过考验。

你当然可以提出异议，表示那些“千里眼”或具备超自然能力的人不一定都见钱眼开。就连那成千上万名嗜钱如命、在报纸专栏和廉价电视综艺节目招摇撞骗的人，也几乎从未有谁报名参加过“一百万美元超自然挑战”，从兰迪那边赚取这笔唾手可得的奖金。他们为什么不那么做呢？答案非常简单：没有人具备“超感视觉”或“超自然”的能力。

曾经有不少人报名参加过兰迪的“一百万美元超自然挑

战”，但他们多半都不是“超自然”那个行业的职业玩家。该团体的成员通常对他避之唯恐不及，因为兰迪构成了威胁，使得他们的整个行业恐有毁灭之虞。（但兰迪绝对无法成功摧毁那个行业，因为世人就是喜欢受到欺骗！）

几年前，那些美国“千里眼”当中的一位要角——苏菲亚·布朗——曾经在《赖利·金现场》节目中与兰迪针锋相对。兰迪提出挑战，要求她在受到监控的条件下证明自己本事的时候，她对着电视镜头答应接受测试。如今虽已时隔多年，她还是不曾拜访兰迪。她有一次提出的借口是：她不知道该如何与兰迪取得联系。那实在让人大开眼界。她宣称自己具有超感视觉的能力，却居然没办法在电话簿里面找到一个特定的电话号码！

报名参加“一百万美元超自然挑战”的人，大多数都天真烂漫、似是而非或心智混乱。因此兰迪必须不断采用更加严格的规则，避免参加挑战者面临任何危险或伤害。比方说，若有人宣称自己可以毫发无伤地从十层高楼跳到地面，兰迪就不同意对他进行那种测试。

假如确实有人具备超感视觉或超自然能力的话，那么整个“一百万美元超自然挑战”都会成为多余，因为那种人绝对能够找到更多发财的机会。我已经提到过轮盘赌，但除此之外还有其他各种博弈游戏，同样可以为具备超自然能力者提供许多赚钱的机会。然而我从来就没有听说过，有任何扑克玩家因为自己是“千里眼”，结果被逐出牌局。“老千”才是扑克牌局所应提防的对象。

反正一提起超自然能力和骗局，我们就等于是谈到了跟人类本身同样古老的一对难兄难弟。

詹姆斯·兰迪的百万美元奖金至今依然原封未动。

对许多人来说，“超自然现象”的最后一座堡垒，就是“有意义的巧合事件”或“不期而遇”之类的经验，亦即瑞士心理学家卡尔·古斯塔夫·荣格所称的“时间同步性”。我们谈论自己在那个峡湾分支的重逢经历时，曾对此进行了讨论，而且有过类似经验的人不只是我俩而已。例如我们刚刚想起一个几十年没有被想到过的人，结果那个人却突然在拐角与我们面对面相逢。许多人经历过此类意外相逢之后，可能就会把它看成是超自然时空的确凿证据。无怪乎就在这种巧合事件刚发生的一瞬间，当事者会感觉有一点晕眩和无助了，但那其实并无惊人之处。

正如我们在最初几封邮件之一所讨论过的，荣格口中的“时间同步性”在我看来只不过是纯粹的巧合罢了。

你老是那么自以为是。尽管一切“已存在”或“正在发生”的事物，或许无法完全用科学方法来验证，但如果这个世界的科学只能够验证来自这个世界的东西，我一点也不会觉得那有什么奇怪。

难道你就不能好好让每个人都相信自己打算相信的事情？俗话说：“与人方便，与己方便。”不是吗？

当然能够，而且每个人都有权相信自己所希望相信的任何事物。但如果有人硬要表示，曾经有超凡的力量向他启示了真理，那么我们就不无理由对他斜眼相看。经常会有单独的个人或者一整群人宣称自己从真神那里接获了任务或使命——不管那些使命攻击性十足也好，或是慈悲为怀也罢。另外一些人则抱怨他们听到了“声音”，于是跑去接受心理医生的治疗。

各种所谓的“异象”和“奇迹”，在历史上经常遭到个人或团体的利用，借此除了巩固自己的地位与特权之外，同时也挑起各种高压迫害和不人道的措施。虽然我们明白，宗教能够激励人们做出虔敬、无私和慈善的行为，可是历史和每天的报纸也不断呈现——宗教观念如何遭到滥用。以神明、教长、祖宗之名所犯下的暴行，自古就一直与人类的历史形影不离。

耶稣虽然曾经阻止一群男人用石头砸死一个犯下通奸罪的女人，可是用石头处决的做法至今依旧存在。而且在某些国家，强奸犯能够获得无罪开释，受害的妇女却有可能被判处死刑而接受“石刑”。

不久以前，在某个阿拉伯国家有一名男子遭到处决，据说是因为他企图使用巫术来促成一对夫妇离婚。在同一个国家还有一名女子被判处斩首，因为她施法让一个男人变得性无能。让男人变得性无能，那当然是卑劣的行为。不过在此关联性中，我们大可对“魔法”和“巫术”等概念做出驳斥，否认它们是真实存在的现象。邪恶固然无所不在，但我认为有必要强调的事情是：人类所犯下的恶行都是人类自己的勾当，不应该归咎于魔鬼或恶灵。

环顾一下，便可发现人间仍旧大量充斥着迷信，例如相信巫术、相信可与祖先或死者接触，此外还相信各式各样所谓的超自然现象。在非洲、亚洲和拉丁美洲的部分地区，相信巫术、黑魔法和祖灵可影响个人行为的观念如此深植人心，以致主宰了千百万人的生活。但是迷信也在工业化的国家大行其道。欧洲和美国有很大一部分的人表示，他们相信鬼魂的存在，相信邪灵附身的事件，而且相信有可能与死者沟通；

此外他们还相信一些比较“文明”的现象，诸如超感视觉、心灵感应和预知未来等等。

我曾经写过：非但宗教观念有遭到“滥用”的可能，就连酷刑和暴行亦可根植于宗教规范。从来就没有过任何针对特定敌人、异教徒，或一整个族群而发的激情，完全不是以神明作为榜样。更何况对基本教义派的人士来说（而且这样的人存在于世界各个角落），一切记载于古老的圣典和启示录里面的事物都能够成为规范。因此我们需要不断地对宗教做出批评。就大多数国家而言，这项工作已经不再直接对生命造成威胁，可是人世间仍然存有许多例外，让宗教批评显得越发重要。

* * *

你还在吗，苏伦？

是的，斯坦。我得稍微喘口气才有办法回答。请再等一等。

我等着。

我同意你的最后一点，而且我也愿意接受你对教条主义和基本教义派的谴责。虽然我在《圣经·新约》找到许多令我愉悦或惊叹的段落，但我并不相信《圣经》中的每一个字句都是由上帝口述的。在我看来，其中关键的问题之一就是对基督复活的信仰。

刚刚尼尔斯又爬上铝梯，在窗框涂上第三层油漆！现在他却跑去采摘覆盆子了。他之所以会在花园忙过来忙过去，或许是因为我坐在这里写东西的缘故。有一次他还问我到底在写些什么，而我如实以对："我刚刚传了一封电子邮件给斯坦。"

你还有其他要说的吗？还是说你对宗教的批评已暂告结束？我觉得你已经讲出太多东西。也许你说够了？

我还剩下最后一点。

那么就说出来吧，斯坦！至少这里没有新闻检查。

"启示宗教"多半都以一个概念为基础，认为在这个世界上的生命仅仅是前往天国途中的停靠站。其言外之意就是，此世和当下的情况不如彼世来得重要，甚至日后将出现一个更伟大和更加真实的世界。

身为气候研究者，我总是不厌其烦地提醒别人，我们只能寄望于这一颗行星。然而许多人对生命的观点却是：从长远来看，我们无须刻意爱护地球和照顾这里的实质生活环境，因为反正“上帝的审判”和“信徒的救赎”已经近了。这么一来,我们的“世俗存在”很容易被当成一个过渡阶段，甚至有若干信徒团体巴不得生物圈崩溃，因为他们把它看成是“末世来到”和“基督再临”的前兆。《圣经》当中便出现了那样的讲法!

依据美国有线电视新闻网的一份民意测验，百分之五十九的美国人相信《圣经·启示录》的预言将会发生，而且最后审判之日将会来临——届时情况将符合那种最异想天开的天启方式。但事情还不只如此。有许多传教士和宣教师进而协助播下国际冲突的种子，这样他们就可以实际致力于加快耶稣的再临。此类的“世界末日基督徒”甚至还深深影响了白宫高层，因为他们就宛如鼹鼠一般，老是在美国举行总统大选的时候浮上台面。

我并不畏惧关于世界末日的预言，而且我可以确定你也一样。可是人们所称的“自我实现的预言”却让我害怕得无以复加。因为此后或许将不会出现新的天空与新的地球。或许到时候更不会有“最后的审判”与“信徒的救赎”。说不定我们只有一个地球，而且它是我们唯一的家园和我们唯一的归宿。在此情况下，我们最重要的工作莫过于为这颗行星和它上面的所有生物，担负起“管家”所应尽的责任。

那当然，斯坦。我们必须好好照顾这颗行星。但是我觉得你应该不至于傻到把环境恶化的责任硬推到信教者身上。我相信我们这些有信仰的人，往往比没有任何信仰的人更加尊重大自然。难道你没发现，世界大多数地区的盲目过度消费，就是唯物主义横行之下的结果？而如果你问我的话，我必须表示：其结果与精神导向的做法正好相反。目前人们正想尽一切办法来减少温室气体的排放，却没有人敢把一种做法列入讨论，即我们是否有可能降低自己的巨大消费——我指的是有史以来最具致命性的商品盲目消耗与盲目抛弃兼而有之的危险作风。我们正生活在一个历史关键时代，而我们的后代子孙或许将会称之为“消费者法西斯主义的时代”。同时我非常确定，我们这个时代的消费者意识形态，可在很大程度内被看成是宗教的替代物。

也许你是对的，而且我很乐意在这一点上面让步。我的确没有任何证据来证明这种说法：相信死后另有生命的人跟反对那种信仰的人比较起来，前者比较缺乏意愿来为我们的这个星球负起责任。但是我必须告诫别人切勿沉迷于下列观点——“天地都会成为过去”，而且信徒将获得一个带来救赎的新世界。

恐怕很快就会出现一些场景变换——至少在世界尽头即将如此。我相信其他人早就对我今天的自我孤立忍无可忍，而且我必须承认，我的自我隔离方式未免太过招摇。或许那长长一条从屋内通往花园桌上的电线确实有一点夸张。这是我们待在此地海边的最后一天，而你和我已经一起坐了六个多小时。其间我只不过中断了几次，起身拿着一个大喷壶在花坛之间穿梭，等到桌上电脑再度发出提示音后，又丢下喷壶匆匆赶回我的小小天地。尼尔斯从旁走过的时候已经再也不看我一眼，他气得连眉头都皱起来了。

我已经把延长线卷起来放回工具棚。现在电池早已充电完毕，碗中已空空如也。

我得做出补偿。因此我已正式宣布，我将会独立负责一顿鳕鱼大餐。他们父子二人今天上午抓了三条大鳕鱼回来，但我几乎还没有正眼瞧它们一眼——我指的是那几条鱼。不过我相信，全家大概只有我晓得关于一瓶勃艮第红酒的事情。今天它可望变成我的一张小王牌，或许我更应该把它称为我的“赎罪券”。我把那瓶酒藏在五斗柜的抽屉里面，还在上面盖了许多层亚麻桌布，而当初正是因为考虑到最后一天晚上可能会吃鳕鱼大餐，才刻意那么做的。

他们父子俩总是喜欢在最后一天划船出海钓鱼，但即便拥有非常强效的冰冻保鲜袋，我也不想把鱼带回城里。卑尔根人可不会拿着装在冰冻保鲜袋里面的鲜鱼，在西挪威到处跑来跑去。我们宁愿去市场购买活鳕鱼。

对了，我还有个想法。你能否稍微说明一下气候展览会开幕时的情况，借此为我们今天的邮件往来圆满画下句点呢？

我准备去用煮鱼锅烧水，把一些本地土产的马铃薯削皮，搅拌沙拉和布置餐桌。接着我会回来继续读下去。但今天我就不再写回复邮件了。

这样可以吗？

那天你离开后，我花了很长时间在峡湾旁边的大草地上来回走动，然后才回到我的房间淋浴，随即下楼来到旅馆大厅。在那里我向其他房客打过招呼之后，便在米克尔咖啡馆针对“冰川融化、气候变迁与极地研究”举行小型讲座。接着我们喝了一杯白葡萄酒，并且聆听一场非常有趣的，以这家旅馆、当地村落和冰川旅游为主题的史料介绍之后，就一起坐下来享用晚餐。结果我被安排到贵宾桌，让我感到荣幸。

用罢晚餐，我打算点一杯卡尔瓦多斯。那整段时间我一直想着你，或者也可以换种说法：想起了我们二人，以及当初我俩开车前往诺曼底旅行时的情景。可是如今他们再也没有卡尔瓦多斯了。那简直像是我自己在做白日梦，仿佛他们从来都不曾窖藏过那种苹果白兰地一般。我的记忆到底还是不是正确呢？假如我对卡尔瓦多斯酒的印象竟然源自我的记忆谬误，那么我又怎能相信自己对前尘往事的任何记忆呢？于是我一口回绝了由旅馆免费赠送的白兰地（我相信那位年轻的女侍者已经从小道消息听说，我将在第二天的午餐时间致辞），反而自掏腰包点了半升啤酒和一杯伏特加。

旅馆大厅内人声嘈杂，因此我很早就上楼回房间就寝，而且几乎是立刻睡着。当天我不光是喝了啤酒和伏特加而已，我甚至还与你重逢、来到山上的牧羊人小屋，更再度从小桦树林旁边走过。

第二天一大早我就被海鸥的尖锐叫声惊醒，于是我下楼走入刚刚开门的餐厅吃早饭。那天清晨我也端着咖啡杯走上阳台，可是你早已无影无踪。我只能独自在那边坐在朝阳下，聆听紫叶山毛榉的叶片随风沙沙作响。海鸥从超级市场和旧渡轮码头的上方振翅呼啸而过。峡湾水面还有一个身穿绿衣的人在划艇上垂钓。

这种过于田园风情的晨间景致，不禁令我心中的某个角落浮现抗议之声。

几个小时以后，有车子过来接我们前往冰川博物馆。馆内的资料告诉我们，如果无法有效控制气候变化的话，几十年后的峡湾水位将高达何种程度。我不禁开始纳闷：他们可曾一并考虑到，不断从冰河冲刷下来的大量沉积物，正导致三角洲持续朝着这个峡湾分支的方向延伸过来？结果今天已经能够在一千年前维京人港口所在的位置种植马铃薯了！

来到气候展览会本身的场地并且被编成几个小组之后，我们首先穿过一个小房间，在轰隆声中体验了四十六亿年前地球诞生时的情况。下一个房间则告诉我们，地球在大约四千万年前的生物形态是何模样，以及最后一次的冰河期如何影响了地球表面。然后我们又进入一个小房间，里面向我们呈现出温室效应的作用方式，并且说明若完全缺乏温室效应的话，我们这颗行星上面的环境将变得如何不适合居住。但接着我们被告知，人为温室效应所导致的结果，对原有的“碳平衡”造成了多么严重的影响。在下一间展览室则可发现，如果我们不采取断然措施来减少温室气体排放的话，地球在二〇四〇年和二一〇〇年的时候看起来将是什么样子。那并不是一次愉快的经历。幸好馆内也做出对比，指出我们若能联合全人类协力采取积极措施来抗拒温室气体排放，并且阻止对森林和热带雨林乱垦滥伐的话，二〇四〇年和二一〇〇年时的地球又将是何光景——这颗行星仍然有机会恢复元气。我们在最后一间展览室看见关于全球许多动植物栖息地的精彩幻灯片，它们呈现了这颗行星上面的生物多样性。英国环境学者戴维·艾登堡对此做出了评论。等到那些展示各种独特动植物的美妙照片放映完毕之后，他用英语总结道："……但我们仍然有时间采取行动，做出改变来保护这颗行星上的生命。这是我们所拥有的唯一家园……”

盛大开幕式完毕之后，我们挤上几辆大巴士一同驶往苏佩勒冰河，参加在那里举办的露天欢迎酒会，享用香甜热红酒、草莓和各式小点心。当我们还待在冰川博物馆里面的时候，旅馆的工作人员早已把一切都摆放妥当。等到我们抵达以后，那位友善的旅馆女主人很快又发现了我（她在之前二十四个小时内显然忙得焦头烂额）。我相信她早就明白，我是为了参加气候展览会的揭幕仪式才来到他们那里，而且几个小时以后，我还得于午餐时间在旅馆内简短致辞。

她面露热忱友好的微笑向我走过来，而且她问起了你。

她问道："您太太在哪儿呢？"

我实在不想让她失望，而且我根本就没办法那么做，苏伦。所以我干脆告诉她，你匆匆离开了，因为我们在卑尔根的家中突然出了一点事情。

"跟小孩有关吗？"她继续追问。

我随便撒了个谎表示："无关，是关于一位老阿姨。"

她站在那里考虑了几秒钟，或许她还拿捏不定，到底可以对私事关心到何种程度。

接着她又问道："那你们有小孩吗？"

我该说些什么呢？之前我早已开口撒谎，现在我总不能改口表示：我们纯粹是凑巧在此地重逢而已，其实我们已经有三十多年没见过面了。我只得设法用最含糊其词的方式做出回答。

"有两个。"我一面开口一面还点了点头。毕竟那种说法跟事实相去不远，因为你有两个小孩，而我自己也有两个小孩。

但她还是不肯罢休，想知道更多有关我们小孩子的事情。而我不知为何缘故，只是紧咬着卑尔根不放。我对自己的两个女儿未置一词，反而只是简单地提起十九岁的英格丽和十六岁的乔纳森——虽然我是在几个钟头以前与你重逢的时候，才刚刚听说了有关他们的事情。这样一来，我只能不断地想办法继续圆谎，而那就意味着：说谎的人必须要有很好的记忆力。总而言之，我把自己假装成你的丈夫。

想必她快速心算了一下，因为她问道："哦，真的吗？你们拖了那么多年以后才生小孩？"①

我心里想着，莫非她期待我坦白承认，当初我们还年纪轻轻的时候，就已经在明达尔旅馆里面"造人成功"？

但我只是指着冰河开口表示："当年它比现在大很多。"

她点了点头，并且笑了出来。我不晓得她在笑什么。她说道："能够重新见到你们两个人，真好！"

此时各种杂感在我的脑海中快速盘旋。或许它们主要是围绕着我俩分离以后各自所过的生活打转。但是我也想起了位于雷夫斯内斯②的渡轮码头、莱康厄尔的警察巡逻车，以及明达尔山谷的桦树林。

---

① 苏伦和斯坦都出生于1952年，书中的故事发生在2007年，二人首度前往明达尔旅馆的时间则是1976年。旅馆女主人心算以后不难发现：19岁的英格丽出生于1988年，而那年苏伦已经36岁。

② 雷夫斯内斯（Revsnes）位于松恩峡湾南岸的莱达尔（L.rdal），是苏伦和斯坦1976年在"埃德勒瓦特内"肇事逃逸之后前往的渡轮码头（见第7章）。

我朝着冰河的方向点了点头，开口说道：“可是我更担心喜马拉雅山脉的冰河。那里的好几千条冰河也在不断后退，而且它们为数亿百姓提供水源。”

在她把我的杯子重新倒满以后，我便转身逃避更多的问题，沿着蓝绿色的溪流向下走了几步路。走着走着，我想起了你在那天晚上拿进我们的旅馆房间，最后还顺手带回奥斯陆家中的那一本书。自从遇到“红莓女”以后，它就像一把剑似的阻挡在我们中间。假如你没有凑巧发现那本书的话，我俩很可能直到今天都还会继续在一起。对此你有什么样的看法呢？

本来我俩应该还应付得了关于“红莓女”的问题。可是你在短短几天的时间内，就已经把她置入一个内容扩大了许多的脉络。

斯坦，虽然千思万绪涌上心头，但现在我必须结束了。我现在要关机，随后几天内我会从卑尔根继续跟你联络。

·4·

我正坐在窗前的书桌旁边，从斯康森眺望卑尔根市区。天气好得没话说，简直已经略有秋高气爽的味道了。今年我第一次发现树上冒出黄颜色的叶片，而白天已开始变短。

我坐的地方是我小女孩时代的卧室。自从英格丽三岁以来，这个房间又归她所有，但两个月前她搬出去和几个女生在外面合租公寓以后，我把房间收了回来。我立刻开始对它进行整修，移除铺满地面的旧地毯，将地板磨平，并且把墙壁漆成乳黄色。我重新将这个房间变成我自己的小窝。我称之为“图书室”，尼尔斯把它看得像是我私人的空间一般。他实在非常体贴。

英格丽真可爱。当她和一位朋友一起过来，把她留下的最后几纸箱衣服和衣架等物品搬出去以后，她突然热情万分地拥抱我，感谢我把房间借给她使用。英格丽感谢我从她三岁那年开始，就把房间借给她住！她始终晓得那里从前是我的房间，而且无论在孩提时代或成年以后都是这样。

我这一辈子当中，不住在那栋公寓的时间总共只有五年。

当年分手那天，我走进下午开出的快车车厢时，不禁泪流满面。你知道在海于加斯特尔靠站的时候，我正在做什么吗？直到火车抵达芬瑟[①]为止，列车长都坐在我旁边安慰我。我什么话也没说，而他也没有提出任何问题，只是设法安慰我。列车长在米达尔下车挥动绿旗以后，又走了过来。他发现我还是哭个不停，于是给我端来一杯茶，但不是手推车上装在纸杯内贩卖的那种茶，而是真正的一杯茶。这时我终于能够抬起头来对着他微笑，并且向他表示谢意。然而我不可能告诉他有关石器时代的事情。

我一心一意只想回家，回到我父母的住处。这是我唯一

---

① 从奥斯陆坐火车前往卑尔根时，芬瑟（Finse）是海于加斯特尔（Haugast.l）的下一站，两站距离27千米。

能够完全确定的事情。我不曾打电话向他们报备我即将回来。除了只想走进家门之外，我无法考虑其他任何事情。反正他们将不得不接受我返家时的模样。

我再度住进我昔日的房间。等到过了几年我遇见尼尔斯的时候，父母早已开始扩建外婆位于峡湾出口、在外叙拉岛上的那栋老房子。我的父亲则如他自己所说，正在开始“放松身心”。最后他卖掉了自己的事务所，变成一个生活宽裕的人。他曾经半开玩笑地告诉我：“苏伦，住在卑尔根是非常美好的事情。可是我不认为，死在这座城市里面会是一种健康的做法。”

我的父母后来又在库格鲁夫生活了二十多年，所以从这一点来看，他的讲法正确无误。三年以前，父亲在毫无预兆的情况下溘然长逝。据说当时他坐在高背安乐椅上，手中拿着一杯白兰地，而那个酒杯是祖传遗物。结果酒杯落到地上，在他辞世四分之一秒以后摔得粉碎。而我一定已经告诉过你，我母亲是在去年冬天去世的。我坐在她身旁紧紧握着她的手。那时她只剩下我一个亲人了。

当初我刚去奥斯陆上大学的时候，我的年纪刚好跟今天的英格丽一样大。想来也有趣，我俩竟然都还那么年轻！

我抵达市内不过几个星期,就已经认识了你。某天在“新堡大楼”参加一项演讲活动以后，你走过来借火点烟——或许那只不过是一个借口而已，可是从此以后我们就不断地在一起了。到了十月的时候，我们即已迁入位于克林舍的小公寓。大学校区内的其他同学时而会露出又羡又妒的表情。在某种意义上我们自成一个天地。我们是那么的快乐！

我在火车上哭了。我一路哭着返回卑尔根。我再也无法明白任何事情。如今我只晓得我们的想法骤然变得大相径庭，可是我无法理解，为何我们就不能那么继续共同生活下去。毕竟我们绝非世上唯一一对在信仰上南辕北辙的情侣。难道你认为，一个信教者和一个不信教者不可能待在同一个屋檐下，过着夫妻般的生活吗？

斯坦，你是那么的痛恨那些书籍，特别是其中的那一本。你鄙视那本书，于是也鄙视阅读那本书的我。或者说，你只不过是在吃醋罢了。你曾经在整整五年的时间内完全占有我的注意力。而我心中也只是单单想着与你和我俩有关的事情。但自从我们邂逅了“红莓女”，而且自从我开始阅读那本从旅馆借回家的书以后，我对死后还有生命这件事发展出了坚定的信仰。难道你就不能好好让我保有这份信仰吗？

你到底是谁呢？我的意思是，今天的你究竟是怎么样的人？我问你相信什么，你却完美无缺地依据你所任职科系的老本行，从自然科学的观点发表了长篇大论。所以你显然绝非异议人士，竟然还提到“兽孔目”和“非洲南猿”之类的东西。接着我重新又问了你一次，而我得到的唯一答案，却是一长串连你自己都不相信的东西。但我会紧咬不放，斯坦。你知道我很固执。我想把你一起带回当初我们共同的出发点。在针对我自己所相信的事物做出更多说明之前，我想把你带回昔日我俩那种陶醉入迷的生活感觉——即便你我都无法将那种感觉与一丝一毫的希望连接起来。我所问的是：斯坦，世界是什么？人类是什么？而我们以有意识的（亦即拥有心灵、性情和精神的）“神奇粒子”之身份沉浮于其中的宇宙神话故事又是什么？难道你无法从像我们这样的灵魂中看出一线希望来吗？

嗨，我回来了！

读到你当初返回卑尔根老家的经过，实在令人心酸。

除此之外，你最后指出的事项也正中要害。或许我只是针对你的提问，给出了微不足道的答案。而你应该注意到，在长年大量进行学术探讨和专题研究之后，我变得有一点坐井观天。但我们还是必须坚持事实。固然，我们可以提出各种假说和理论，但即使是假说和理论也必须建立在我们自认为已经确定的事物之上。

说不定是“信仰”一词转移了我的注意力。在我的词典里面没有这个字眼。我觉得谈论“直觉”会比较容易。我所拥有的直觉想必多过了我的信仰，而且或许当我们谈论到“意识”这个课题的时候，情况更是如此。

那么你就把它写出来吧，斯坦。我认为“直觉”也是一个很好的用语。你不妨向我描述一下，我们重逢前一天的晚上你梦见了什么。你不是曾经表示过，梦境跟宇宙有关吗？

是的，而且它给我留下了刻骨铭心的印象。我仿佛真实经历了梦中所发生的事情。是的，我真的坐在一艘宇宙飞船里面……

我可以洗耳恭听吗？

不过做梦前那一整天——也就是遇见你前一天——的经历同样深深烙印在我的记忆中。虽然当天我几乎只是坐着火车和巴士穿越野外，我却无法把那一天的本身和由之衍生出的梦境完全分隔开来，所以我觉得必须从那天的本身开始讲起。

只要你不忘记提到那一场梦的话，我不在乎你从哪里开始讲起。而且你想花多少时间都没关系，因为有各种理由使得我只能在明天晚上回信给你。其中一个理由是，只要尼尔斯在家的话，我就无法畅所欲言地打出自己的话。但这并不表示他无法容忍此事，而是因为我只要一想到他听见我不断弹指敲打键盘，我心中便会觉得难以忍受。像我自己就不喜欢听见别人打字。那让我感觉不舒服的程度，就好比是坐在巴士或火车上，或者在林间小径漫步时被迫听别人打电话。那只会给人一种拘束和尴尬的感觉。另一个原因则是，明天我们将在校内举办教师课程研讨会。我已经对此雀跃不已了。毕竟开学以后，心神可以比较安定。

太好了，那正合我意，因为我还需要花一点时间来撰写。但我无法保证何时可以回来向你报到。

慢慢来，你想花多少时间都没关系。反正我在这里，斯坦。

我听到他正在清喉咙，所以我必须马上结束了。我想我会提议与他共饮一杯红葡萄酒。我称之为“睡前酒”，而且这已经成为我们家中的术语。今年他第一次在壁炉里面生火。感觉很舒服。

·5·

那天是二〇〇七年七月十七日，星期二。在拂晓时分我被一场相当猛烈的暴雨惊醒。天色一片灰暗，铅黑色的乌云弥漫于奥斯陆上空。我正准备搭乘火车前往古尔，然后从那里转搭巴士继续朝着莱达尔和菲耶兰的方向前进——整段旅程耗时九小时左右。我向来不喜欢独自驾车上路，宁愿搭乘大众交通工具，这样我就可以优哉游哉地坐着看书，或者干脆完全放松。

那天早上贝丽特开车送我前往利萨克火车站[①]。她顺路把干净的换洗衣物带给她父亲，而我则在月台上停留了几分钟，等候开往卑尔根的列车于八点二十一分进站。轰隆隆的雷声此起彼落，那是一个阴暗得无以复加的夏日早晨。虽然尚未下雨，但焦灰色的云层让四周昏暗得宛如夜晚一般；虽然这时早已是大白天，我却能够清楚望见划破长空的每一道闪电。驶往卑尔根的火车缓缓滑入站内后，我上车找到了自己的座位——我每次都预订靠窗的位子，这回是第五节车厢的三十号座位。

火车很快就到达了德拉门，然后跟随德拉门河的河道转往北方，朝着维克松以及赫讷福斯的方向继续前进。云层依然低垂，树梢多半被包裹在浓雾中，但云雾下面二至三米处的能见度良好。德拉门河水位此时正在快速增高，就连提里峡湾湖周围树木的枝干也已浸泡在水中，而且有些码头突堤已经没入水下。这种情况已在今年夏天发生过好几次，而且许多农民认为这是一个灾难性的夏天，因为

---

① 利萨克火车站（Lysaker stasjon）是挪威第三大火车站，位于奥斯陆西郊的贝鲁姆，斯坦的岳父就住在那里。

全挪威的大部分地区泛滥成灾，其中尤以“德拉门水系[①]”沿岸地区严重，使得农作物遭受了严重损失。

我不知道那是否与气候有所关联，但我打从一开始就坐在车上陷入深思。突然间，我感觉自己以异乎寻常的方式惊醒过来，变得几乎比平常的任何时候都更加清醒。当火车疾驰穿越烟雨蒙蒙的乡间景致时，坐在黄颜色车厢内的我对窗外的一切感同身受。我随即问我自己：什么是意识？什么是记忆与沉思？什么叫“记住”某些东西，或者“忘记”某些东西？像这样“坐在这里思考”意味着什么，思考“何谓思考”又意味着什么？而尤其重要的问题是：意识是否为宇宙中的巧合？这个宇宙是否可以归功于不折不扣的巧合，才在此时此刻有了能够体认到“自我”和“自我发展”的意识？或者说，“意识”反而正是这个宇宙的根本特质？

我并非第一次苦思冥想这个最基本，而且实际上平淡无奇的问题。我偶尔会向生物学家和天文物理学家们提出同样

---

① 德拉门水系（Drammensvassdraget）长301千米，由三条注入提里峡湾湖（Tyrifjord）的河流组成。德拉门河（Drammenselva）本身长度只有48千米，从提里峡湾湖往南流向德拉门（Drammen），并在当地入海。在本章中，作者于古尔下车以前所提到的河流，主要就是德拉门水系的哈灵达尔河（Hallingdalselva）——哈灵达尔河谷是第七章和第八章的重要场景。

的问题，但他们所做出的第一反应，通常都是不愿意对此问题阐述意见，或者宁可三缄其口。看样子他们简直是替我觉得不好意思。其中许多人甚至感到纳闷，怎么可能有人天真到如此不可救药的地步，竟然会提出那种问题——而且他本身还是个自然科学家。等到我重复这个问题，并且强调我仅仅是在征询直觉反应以后，他们的答复通常都十分肯定。他们会执意表示：是的，意识这种现象只不过是宇宙中的巧合。

在宇宙中并无与生俱来的意向、目标和本质，也就是没有俗称为“天经地义”的先验条件。宇宙间之所以开始形成了生命，而生物圈之所以发展出你口中的“由意识所构成的神奇粒子”，一切都只不过是出于纯粹的意外。或者如同法国生物学家及诺贝尔奖得主雅克·莫诺所说：“宇宙并不孕育生命，蕴含人类的生物圈也是绝无仅有。出现我们的号码的机会，就跟在蒙特卡洛赌桌上赢钱的概率一样低。”

莫诺使用下列说法来表示他拒绝承认“生命范畴”是一个重要的或必要的宇宙现象：“我想指出的是，生物圈内并没有可预测的物种或现象，生物圈只是构成了一个特殊的事件，它虽然可与初始原则并行不悖，却无法从初始原则推论出来。因此生物圈在整体上是不可预测的。”

这是一种很有用的陈述方式，我们可以把莫诺的声明照单全收——即便似乎很难找到实例来证明其正确与否。至于此处所称的“不可预测”则必须用这种方式来理解：我们所谈论的那些现象都非常独特，因而它们具有局域性，几乎位于物理法则的最边缘地带。

但这并不是我的立场。自从当初我们生活在一起以来，我便产生一种直观上的感觉，认为宇宙的本质特征正在于它孕育出生命和意识。因此，在我的心中或许仍然潜藏着一个异议分子，而那个异议分子即使称不上是世界公民，那么至少也是“数学和自然科学学院”的研究人员。我所见过的大多数天文学家、物理学家和生物学家却往往坚持相反意见：生命和意识都无法被溯源到原始的无生命状态，二者皆非“重要的”或“必要的”产物。

当代的自然科学认知模式主张，原子与次原子微粒（亦即恒星与星系）、暗物质与黑洞等，比生命和意识更加能够表达出宇宙的真实本质。而依据这种化约论的科学，生命和意识只不过代表着纯粹的随机和偶然，因此是自然界无关宏旨的一面。也就是说，恒星与行星乃宇宙大爆炸的必然结果之一；大爆炸之后另外出现的生命与意识，则仅仅来自不折不扣的巧合，是一个巨大的偶发事件，一种宇宙中的异常状态。

当火车驶入赫讷福斯车站时，我仍然在思考。车门上方的小显示屏幕打出了“赫讷福斯，海拔九十六米”的字样。有两名乘客赶紧走下火车，出去吸烟。

天还未下雨，可是低垂在原野上的天空已经蓄势待发，随时都有迸裂的可能。接着响起了发车的哨声，火车继续向前行驶，途中一侧是黄绿相间的原野，另一侧是林木茂密的山丘。云杉树的上方飘浮着朵朵乌云。

我设法回想一切是如何开始的。我尝试回忆起宇宙的历史。

在宇宙大爆炸最初几个微秒的时间内，由夸克构成质子和中子，稍后又继续形成氢原子核和氦原子核。拥有电子壳层的完整原子，则过了几十万年以后才开始出现，而且它们几乎都还完全是氢原子和氦原子。这些比较重的原子极可能是在形成恒星的初级阶段被“烘焙”或“炮制”出来的，然后它们扩散出去为宇宙“施肥”。“施肥”，是的，我在选用这个字眼的时候显然立场有所偏颇。毕竟要等到出现较重的原子之后，我们才开始接近了生命的起源和我们自己的根源，因为我们和我们所居住的行星都是由这些原子所构成的。

就质量或化合力而言，“我们的”原子都完全没有局域性。

构成我们的那种原子在宇宙中比比皆是。因此我们绝对可以表示，它们就是宇宙的基本特质。粒子物理学让我们得以在不久前勾勒出宇宙于最初几分钟内的模样，而且粒子物理学能够非常精确地解释，为何这些原子必然会组成被我们称为“分子”的化合物。

比较复杂而且在宇宙中较为罕见的，则是能够组成一切生命的分子，亦即我们所称的“大分子”。对我们这颗行星上面所有的生命而言，最根本的大分子就是蛋白质，以及“脱氧核糖核酸”（DNA）与“核糖核酸”（RNA）之类能够自我复制的核酸——它们不仅控制蛋白质的结构，并且存在于一切有机物的基因库之中。地球上所有生命的共同现象表现为，它们是由有机物所构成，而且能源（阳光）与流水在其间扮演重要角色。

在四十多亿年前的地球上，生命大分子是如何形成的，现在已不再是什么巨大的谜团。尽管仍有许多小困惑悬而未决，不过生物化学已经同时通过理论和实验向我们表明，在原始地球大气层缺氧的情况下，生命的基石是如何形成的。而一直要等到植物开始进行光合作用之后，这颗行星才出现了富含氧气的大气层及臭氧层，保护地球上的生命不受宇宙射线伤害。

自然科学在自认为力所能及的范围内解释地球生命的起源（例如源自具备各种大分子的“太古浑汤”），并且承认，生命有可能是在那种“太古浑汤”之内逐渐形成的。自然界里面所发生的一切事情，皆有其发生的理由。那么同样的原则为什么就不能适用于生命的创造呢？

我们知道，有许多种生命的基石可以用简单的化合物来合成制造。从前所称的有机化学与无机化学之间，如今已存在明确的分野。即使在外太空也已经找到了构成生命的分子。而最近几年来的新发现是，“星际尘埃云”之中存在着诸如酒精和甲酸之类的有机化合物。最近更证明太空中存在着一种名叫“甘氨酸”的氨基酸——这些分子被发现存在于彗星的尾巴，以及距离银河系几十亿光年的遥远星系中。只可惜“天文化学”这门科学仍然停留在婴儿期。

生命——或者地球上构成生命的分子——未必就是土生土长的。二者皆有可能源自外太空，可能是由彗星把它们带了过来。事实上，我们这个行星的大多数水分就极可能来自彗星。那些水分不见得都很“干净”，很有可能带有生命物质。

那时我正坐在现实世界之中，设法总结出这个宇宙的历史。过去所发生的事情非常引人入胜，而同样引人入胜的是，我可以坐在这里成为那一段非凡历史的记忆体。我的座位面对火车行进方向（我每次订位时都会做这样的安排），于是我俯视左侧窗外的克勒德伦湖好一阵子。团团云雾低垂在湖面上，宛如一艘又一艘颜色惨白的飞船。那些白茫茫的“飞船”上方却是灰压压一片的天空，而灰暗的天空又倒映在湖水中，让克勒德伦湖显得像秋天时那般阴沉。当时并未下雨。

地球是我们在宇宙当中唯一能够确认有生命的地方。不久以前，我们才首度在太阳系外面发现了行星。耗时这么长久的原因在于，以昨日的技术根本无法侦测出那些太阳系外行星。但在接下来仅仅几年的时间内，就找到了二百颗左右的行星，而且依据目前的估计，银河系类似太阳的恒星当中，至少四分之一都有行星环绕。

如果我们今天询问天文学家，是否相信宇宙中的其他行星上面也有生命，他们大多数人都会给出肯定的答案。他们大致会这么表示：宇宙已经大到了无垠无涯的地步，因此我们这个小小后院里面所发生的事情，必定也会出现在其他许多的星球上。但令人大惑不解的事情是，同一批天文学家当中却有许多人仍旧不假思索地替莫诺的著名教条“背书”，认为宇宙并不“孕育”生命。但假如宇宙并不孕育生命的话，那么又该如何解释宇宙与其最引人注目的产物之间的关系呢？

几十年前我们还面对着各种有关外星生命的千奇百怪的幻想，今日的天文生物学却集中精力在外太空寻找水分。有一种观点已经日益成为生物化学的大前提：凡是找得到水的地方，应该也就有找到生命的可能。如果有朝一日找到了一颗肥沃的小型行星，在上面发现有宜人的湖泊和流动的河川，但却看不见任何生命的话，我们反而会更感诧异。

生命的基本原材料其实无所不在，并可直接从“初始原则”推演出来。复杂的分子或大分子虽然罕见得多，但这并不表示它们比较“不普遍”。

我就那么思考着。我所建构的思路完全是连续线性的，并出现了一连串逻辑清晰的念头。或许整个地球上，当天早上只有我一个人在那里针对自己的意识或启发进行思考。谁又能知道呢？说不定那时我还是全宇宙间唯一这么做的人。如果真是这样的话，坐在那节黄颜色的火车车厢内，我称得上是享受了巨大的特权。

抵达内斯比恩之前，天开始下雨了。车门上方的蓝色屏幕以白色字幕打出如下内容：“内斯比恩：月台在车门左侧，海拔一百六十八米。”我们在内斯比恩车站被挥手放行之后，屏幕又打出：“欢迎登上开往卑尔根的列车。”紧接着又是一句友好的问候语："欢迎前往餐车享用顶级餐饮——小吃、热食以及各种糕点。"

在内斯比恩和古尔两地之间，铁路两侧都是树林。我坐着凝视右下方的河道，偶尔可以看见一座农庄。此时云雾低低垂挂在山谷底部，空中的"飞船"看起来仿佛正准备降落。

在宇宙学当中有所谓"宇宙的原则"。那就是说，不管我们往哪一个方向走，宇宙都会呈现出同样的特质。只要空间范围够大的话，宇宙就具有均匀性、等向性和共同性。

那么这个原则为何偏偏就无法适用于我们的问题——我们是否可以期待，能够按照发现行星、恒星和星系的同样方式，也在宇宙各地找到生命？还是说，我们所称的"生命"只不过是凑巧发生在我们这边罢了？

宇宙总共包含了上千亿个星系，而每一个星系里面又有上千亿颗恒星。如此一来，我们便有了多得用不完的"化学工厂"，这还是比较含蓄的说法。我的意思是：那么我们就有用之不竭的筹码，可拿来在那张"蒙特卡洛的赌桌"上面押注！这让人更没有理由把或许会出现的大奖称为"好运当头"。

勤于上赌桌的人时而大赢一把，那当然称不上是巧合。对于这样的人来说，偶尔赢赢钱其实是非常正常的事情。如果我们遇见有人吹嘘自己经常中乐透奖或者赌赢赛马，有时候会忍不住询问那些幸运者，他们到底已经总共砸下了多少钱。这个问题通常不会受到欢迎。

我并没有忘记“意识”。环顾一下我们自己的生物圈，便无法否认它里面充满了各种具备神经系统和感觉器官的生物。比方说，我们这颗行星上面发展出几十种不同的视觉能力，而它们彼此之间并没有基因关联性。因此我们可以预期，其他行星上面出现的大型生物也已经发展出某种视觉能力。其中的理由显而易见：在任何生物圈内，观察周遭环境的能力都绝对属于进化上的优势，无论那涉及了不适生存的地形，还是敌人或猎物。在出现有性繁殖的地方，则更需要有能力来物色适宜的交配对象。别的感官功能也能够带来优势，有助于在其他行星上的生存奋斗，例如听觉、回声定位能力、痛觉、味觉、嗅觉，或许还有我们所不晓得的各种稀奇古怪能力。

每一种较高等生物都需要一个高效能的控制中枢或大脑，以便协调各式各样的感官印象。我们自己的行星也在这方面提供相关例证，显示出各种不同的动物如何在相互独立发展的情况下，演化出或多或少都非常精密复杂的神经系统。有趣的是，神经学家已经开始着手研究鱿鱼的神经组织，希望借此增加对人类神经系统本身的理解。

因此我们关于生命“是一个普遍存在现象”的理论，也可以套用到神经系统与大脑的发展上面。

屏幕显示：“古尔，海拔二百零七米。”我收拾了自己的物品，一件夹克和一个小背包。“下一站是古尔。月台在车门右侧。”

过了没多久，我已经站在外面的蒙蒙细雨之中。等到搭上驶往古尔巴士总站的公共汽车以后，我启动了我的 GPS 随身定位装置，马上就接收到人造卫星信号。当下时间是 11：19，我位于北纬 60° 42′ 6″、东经 8° 56′ 31″，定位误差为 ±20 英尺。日出时间为 4：21，日落时间为 22：38，此时云层蔽日并且还下着毛毛雨。月升时间为 8：11，月落时间为 23：23；但即便是在晴朗无云的夏日，我恐怕也很难看见天空的月亮。全球定位系统针对在古尔打猎和钓鱼所做出的预报为：“正常日子。”好吧，姑妄听之……

抵达巴士总站以后，我坐下来喝了一杯咖啡，并点了一份搭配奶酪和青椒的牛角面包。但我仍然深陷思绪，几乎心不在焉地继续想着宇宙，不过其间我由于偶然很直接地和一位比我年轻许多的女性四目相接，才让自己被打断了一会儿。那时我心中冒出一个愚蠢的念头：她或许会以为我比实际年龄小了十岁。

窗外是穿越古尔镇中心的唯一一条大马路，现在下起了倾盆大雨。那或许促使我的心境更加偏向于大气现象。于是我干脆暂时放下心中对宇宙根源的探究，为我两天以后必须在午餐时间发表的致辞写下了一些关键字眼。我根本不可能料想到，等到我发表演说的时候，你已经与我重逢过了。但毋庸赘述的是，我在古尔那边还是免不了会回想起来，当初我俩如何驾着一辆红色的金龟车，途经此地前往西挪威的冰河。

那天中午我休息了很长时间，因为巴士在 13：20 才发车离开古尔。动身没多久，我们就在浓浓雾气中驶入了海姆瑟达尔[①]。巴士上也设有一个显示屏，上面指出车外的气温为十四摄氏度。接着雾气稍稍消散了一些。

正如同我们自己的行星上的情况，即使拥有大脑和神经系统，距离形成我们所称的“意识”仍有很长一段路要走。而且其距离还会更加遥远，如果我们眼中的“意识”指的是

---

① 海姆瑟达尔（Hemsedal）是古尔（Gol）西北方的行政区，人烟非常稀少（平均每平方公里只有三个人）。沿着干道（52号公路）往西北方向驶出该行政区之后，立刻抵达本书的主要场景之一：埃德勒瓦特内。

一项具有重大意义的实际能力：能够思索我们自己“所存在的位置”——除了某个特定的栖息地之外，那同时也意味着宇宙，而现实世界自然更不在话下。就另一方面来说，脊椎动物一旦开始以两条腿站立，将前肢空了出来（用于制造工具），从此便享有决定性的优势，可以学会一些有用的技巧，并且把这些“生存技术”拿来与群体内的其他成员和自己的子孙共同分享。用我们所称的“意识”来过生活之后，人类等于坐拥一个空旷的新天地。假如我们未曾率先占据那个新天地的话，或许迟早会有其他脊椎动物的代言人开始思索，这个宇宙以及其中的生命和意识是如何形成的。

这种观点或许不值一哂，但我们还是应该顾虑到一个事实，那就是迄今我们已确定上面有生命存在的天体，百分之百都培育出意识，而且那种意识所具备的潜在视野，几乎可以一直向后延伸至宇宙大爆炸。

宇宙的发展也在很大程度上涉及各种日益“扩大分歧”或“殊途同归”的生理演化进程。截至目前，人脑是我们所知道的最复杂精密的器官。意识就栖息在大脑这个器官之中，不断向外瞻望太空，并且代表整个宇宙问道：我们是谁？我们从何而来？

从语意学的观点来看，这些紧凑的句子是如此简明扼要，所以如果在距离我们“银河系后院”许多光年外的某个角落，同样的句子也被大声对着太空喊出来的话，那不会是令人感到惊讶的事情。即便语言本身的结构或许有所不同，而且我们根本难以将其发音辨识为语言，可是那么一个“地球外文明”很可能与我们想法类似，此外他们的科学历史无疑会跟我们自己的没有太大不同。当地最杰出的居民一定也曾必须在漫长而曲折的道路上面进行摸索，然后才得以找到途径，来更深入理解他们那个世界的本质、宇宙的诞生，以及元素的周期律。

既然所谓的“寻找地球外智慧生命合作计划”（SETI）不惜耗费巨资，想要侦听宇宙内其他生命——“有智慧生命”——所发出的信号，其出发点就不可能是打算在距离地球区区几光年的地方，寻找另外一个令人难以置信的宇宙巧合。主其事者的目标想必在于做出确认，来证明我们这个物种具备了放诸全宇宙而皆准的基本特质。

不过也有论者主张，只有在我们这边才普遍出现了具有意识的生物。假如其他天体上面也演化出原始的生命形式，那么我们千万别忘记一个事实：地球首度出现生命将近四十亿年以后，人类才呱呱坠地。对一颗行星来说，四十亿年是相当可观的岁月。仅仅再过十亿年，我们这颗行星将不再具备适合生存的条件，地球将失去大气层，水分将会蒸发殆尽。

或许我们终究还是孤单的。但目前我们也无法完全否认，这整个宇宙宛如一座喷泉，汇聚了许许多多物体形式千变万化的灵魂和精神。

我忽然回忆起来，当我还是小孩子的时候，我经常思索一模一样的事情。我想着，也许宇宙中充满了生命。那是一个扣人心弦的想法。但同时我也产生一个完全相反的念头：或许除了这里之外，在全宇宙的其他地方都找不到生命。那同样是一个令人兴奋的想法。这两种可能性都强调，“我”的存在是一个非凡的奇迹。

此时巴士正在快速穿越海姆瑟达尔。我心知肚明，在很短的时间内就会经过“那个地方”。我做好了心理准备。说不定我各种有关宇宙的思绪，也都是那个准备工作当中的一环。而你想必也还记得当初在雷夫斯内斯渡轮码头的情景。那时我们必须谈论一些非常庞大的东西，借由一个层次更高、几乎无垠无涯的背景，来让我们这颗行星上面刚发生的一个琐碎事件相形见绌，变得微不足道。

云层依然低垂，但我们又怎能分辨出密雾和浓云之间的区别呢？反正云层离地面只有三米左右。

路牌显示，穿越海姆瑟达尔山区的干道——52 号公路——现在已经开放。那条公路当然应该开放了，毕竟现在正是仲夏。

我们沿着河道右侧行驶了很长的时间，只见水流异常强劲湍急，一则是由于近来的雨量已经打破纪录，同时也因为山区的积雪在今年夏天融化得比较晚。我们路过一座满水位的水库，而且其蓄水已经溢出坝顶。这正是山谷下方“海姆西尔河[①]”水流如此湍急的原因，同时也可以说明为何提里峡湾湖周围的码头突堤已经没入水下——它们都属于同一个水系。

紧紧聚集在一起，仿佛触摸得到的雾块，正摇摆穿越山谷的底部。当日的天气已开始变得像是气象学上的闹剧。然后越来越浓密的云雾又将两侧山峰团团裹住，让人只看得见山谷底部。

我目睹那一切的时候，同时也聚精会神地想着：多么不可思议啊，我竟然能够坐在这里，对宇宙的历史和地理产生如此清晰的概念。此外我还优游于不同的念头之间，探讨如何及为何会产生出像我这样的人。

---

① 海姆西尔河（Hemsil）是哈灵达尔河的支流（二河在古尔合流），哈灵达尔河继续流向东南方注入克勒德伦湖（Kr.deren）和德拉门河。

宇宙并不孕育生命，蕴含人类的生物圈也是绝无仅有。出现我们的号码的机会，就跟在蒙特卡洛赌桌上赢钱的概率一样低。

雅克·莫诺那种化约论的观点不禁令人想跟他唱反调——只不过为了想听听新的说法顺耳还是不顺耳："宇宙孕育了生命，而生命孕育出宇宙本身的意识。"

我觉得那听起来还不赖。最起码它不会跟我或许还拥有的直觉产生抵触——假如那具有任何意义的话。这个宇宙对自身若有所知，说不定它还具有自己的意识。此一显而易见但令人惊讶的事实，绝对不可完全任由神秘学来掌握解释权。

因为还另有事物位于更高的层次——我在巴士接近分水岭的时候如此想着，并且认为那是能够用科学来论证的最高层次。或许正如莫诺所言，意识本来"不应该"演变出来，而且生命本来也"不应该"演变出来。说不定就连宇宙本来也"不应该"演变出来。

宇宙在肇始之初的结构只要与实际情况稍有不同的话，那么就会在形成后的几百万分之一秒时间内立刻崩解。莫诺所称的"初始原则"甚至只要出现了细微差异，就会造成一个无情的后果，使得宇宙根本无法形成。我想在此简短举出两个例子。首先，假如在刚开始的时候，宇宙中的“正物质”没有比“反物质”多出一点点的话，整个宇宙将在大爆炸后的一瞬间自我毁灭。其次，假如“强核子力”的力道弱了一点点，那么整个宇宙将是由氢所组成；但假如力道强了一点点的话，或许将完全没有氢存在。而且这一类的例子多得不胜枚举。正如斯蒂芬·霍金所指出的：“在宇宙大爆炸之后，有极高的概率不会形成我们这个宇宙。”

其实，形成了竟然可以运作的宇宙一事，就跟演化出生命和意识一样，同样“出于偶然”。所以出现莫诺“初始原则”的概率，也小得如同在蒙特卡洛的赌桌上赢钱一般。既然如此，或者我们可以允许自己深思熟虑一下，在大霹雳所创造出来的时间与空间的“后面”或“外面”，是否可能“另有其物”高高在上？没有任何科学证据能够完全排除“另有其物”孕育出这个宇宙的可能性。

宇宙若希望幻变出自己的意识、美丽和秩序，必须先符合一长串的标准——甚至在宇宙大爆炸后的最初几微秒之内就必须如此。宇宙就是这个样子。我们应该对此事实牢记不忘。

我的思绪便如此上下起伏。专业领域内的许多同行恐怕会把它看成是一种异端邪说。毕竟我所沉迷的那些想法，肯定已经远远超出了自然科学的框架。但我直觉上的想法正是如此。

现在公路岔往河道的左侧。我们穿越了农田、草地和小树林，然后又继续沿着河道行驶。接着巴士爬坡上山，朝毕约贝格山区旅舍的方向前进。我看见一座壮观的吊桥横跨河面。那时我们应该是在海拔七百米左右的高度。河岸两旁遍布着浓密的桦树。

此时雾气更加浓密，但我仍可看见左侧山坡上的大量积雪，以及右侧的若干小屋——那很可能是我们进入山地以前所能见到的最后几栋房子，因为再过来就是禁建令生效的地区。

我们驶近了位于两个郡交界以及分水岭上的埃德勒瓦特内[①]湖。自从上次以来，我是第一次回到那里，但我已经做好心理准备，而且很高兴这次不是亲自开车。可是当我们经过湖畔的时候，我没有瞧右侧窗外的湖面一眼。我仅仅看了看手表，那时是 14：20。虽然我并未刻意安排，但我的背包里面刚好有半瓶伏特加酒。于是我神不知鬼不觉地把它拿

① “埃德勒瓦特内”就位于莱达尔的东南角落。

出来，接着扭开瓶盖，猛灌了一大口。不会有其他任何旅客发觉我做出那个动作。但即便已经时隔三十余年，往事仍然近在身旁。她是一个谜——我指的是那名围着粉红色披巾的女子。

接着巴士开始下山驶向挪威西部。我们在 14：29，经过悬崖旁边的第一个急转坡道。我又喝了一大口伏特加。我所思所想的一切，似乎都跟昔日发生的事件脱离不了关系。当初我们曾经打算在雷夫斯内斯的渡轮码头小睡几个钟头，结果却只能闭目而卧，连续不断地讲话。

巴士沿着湍急的河流，朝莱达尔的方向行驶了一段路程，不过现在的干道在来到玻尔衮附近的中世纪木板教堂之前，就已经转入一条隧道。浓云密雾宛如处于失重状态的绵羊一般，此起彼伏地飘浮于山谷底部上方。我们进入了莱达尔的中心地带，而那里是我俩当初不打算过夜的地方。你还记得吗？巴士在城内搭载了新的乘客之后，便穿越一条长长的隧道向外驶往福德内斯。我很高兴有了那条新隧道。因为这么一来，我就不必重新前往雷夫斯内斯那个会令人神经崩溃的渡口。

在从福德内斯跨越峡湾前往茫海勒尔的短暂渡轮航程中，我试着总结自己心中几乎从奥斯陆一路想过来的东西。

撇开一大堆细节方面的问题，今日的自然科学面对两大谜团：一是宇宙在刚形成后的最初几分之一微秒时间内究竟发生过什么事情；二是意识的本质为何。也许我们没有理由相信，攸关人类和自然科学的这两大独特谜团之间存在着关联性。但此种关联性也无法遭到排除。假如必须打赌的话，我会表示其间有关联性存在。

我相信，在形塑出我们这个宇宙的物理法则背后，必定还存在着一个更深层的解释（或者是根源和起因）。你可以把它看成是我最基本的信仰。如果有“神性”存在的话，那么它一定隐身在宇宙大爆炸的背后。我认为从大霹雳开始，自然法则——而且只有自然法则——便起了主导作用，此后所发生的一切都绝对有自然规律可循。

如果有人想找出神存在的证据的话，能够找到最明显证据的地方应该就是“宇宙常数”，亦即无神论者雅克·莫诺所称的“初始原则”。如同我已经提到过的，我唯一不相信的东西，就是来自超自然力量的“启示”。

我一连串的思绪已经到达终点，而且我乘坐巴士穿越乡间的旅程也即将告一段落。我唯一想补充的事项是，你必须寻觅很久，然后才找得到一个像我这样的物理学家，竟然愿意指出：生命和意识确实有可能是我们这个宇宙的基本特质。

但我的推论并非建立在任何启示或信仰上面，它直接衍生自我对大自然本身所做的解读。

茫海勒尔有了一条新的隧道，于是我们很快即可俯瞰左下方的凯于庞厄尔地区，而那里是当年我俩离开渡轮登岸的地点。接着巴士又向上进入一片新的雾海，然后才通过松达尔来到了另外一个山口。

当巴士驶出位于菲耶兰峡湾上侧山区的长隧道时，除了下方的浓雾，我什么也看不见。但纵使从未走过这条路线，我仍然相当确定，往日的景色正好端端地在云雾下面等我。[①]然后我们钻入另外一条隧道，而等到离开它的时候，我已经位于云层之下，看见了苏佩勒山谷、博雅山谷和明达尔山谷。

然后我忍不住冒出一个念头："她会在那里吗？她也会过来吗？"但那纯粹是反射动作而已。就连我自己也晓得这种冲动很不合乎理性。

我在冰川博物馆走下巴士并且打电话给旅馆，过了几分钟便有汽车开过来接我。于是时隔三十多年之后，我又回到

---

① 上述那些隧道建成于1994年，在此之前，渡轮是唯一可抵达菲耶兰的交通工具。所以苏伦和斯坦1976年前往菲耶兰时，必须搭乘渡轮，从菲耶兰峡湾的最南端驶往最北端（参见第7章）。

那栋古老的木构造建筑里面。我住进了 235 号房，窗外的视野良好，看得见下面的峡湾、商店和书店街，也可以远眺冰河与群山。云雾又变得宛如一团团棉花球，低低飘浮在峡湾的上方，因此我得以从旅馆的窗户举目越过云雾向外张望。

餐厅里面坐满了人，我很高兴看见那个老地方如此生意兴隆，气候展览会的开幕仪式或许也对此起了一定作用。我点了旅馆自己的红葡萄酒，四分之一升要价九十克朗。虽然我无法判定葡萄的种类以及酒的产地，但那红葡萄酒非常好，或许它是卡本内苏维侬。我享用了四道菜的正餐——西海岸沙拉、花椰菜汤、小牛肉菲力牛排，以及草莓加鲜奶油。

用罢晚餐之后，我回到楼上房间打开行李。我喝了一口伏特加，并且远观窗外的夏日夜景。滂沱大雨就那么稀里哗啦地落下。海鸥在峡湾和超级市场屋顶的上方聒噪。在就寝之前我又喝了一口。

接着第二天早晨我就在阳台上遇见了你。你们夫妇是在前一天傍晚刚过了晚餐时刻以后才抵达那里，也就是当我拿着一瓶伏特加酒待在楼上房间的时候。我想起了昔日的我们，而那时你已经进入旅馆。你们在餐厅里面享用了较为简单的晚餐，那时咖啡车早已被推离配菜台，而且餐厅内已经没有其他食客。

我躺了很长一段时间，在入睡之前聆听海鸥的叫声。当我把头靠到枕上闭目而卧时，我心中想着：这里是多么美好与温暖。能够当我自己，是多么美好与温暖。

接着我陷入一个奇异的梦境。那仿佛持续了一整个晚上，或许为时更久，而且直到现在都还让我觉得那就像是我亲身经历过的事情。

我的确经历过梦中的景象。

现在就结束我的小小奥德赛之旅。我已经坐着写了一整天，几乎完全不曾停下来吃东西。我只喝了咖啡和茶，其间我还几度走去角落柜，喝了一小杯。

你呢？你是否已经结束课程研讨会回到家中？

是的，我回来了，不过我觉得你应该想办法避开那个角落柜。毕竟现在才五点钟左右。你能不能干脆给自己定一个规则，在晚上八点或九点以前不准把那个柜子打开？从前我们还在一起的时候，早就讨论过这回事。我时而会在傍晚前后走进烤肉酒吧检查你在做些什么。结果发现你已经坐在那边喝啤酒了！

你瞧，即使那个时候我也在跟一些令人震撼的想法周旋。

每当你想到自己是宇宙一部分的时候，不也很容易觉得有一点头重脚轻吗？我刚才所写的是：我可以察觉到我自己的意识与一百三十七亿年前宇宙大爆炸之间的关联性。而你却开始在那边谈论，我应当如何避开松果路家中一个破破烂烂的角落柜。你仍然可以如此关心我，那实在令人相当感动。

我知道那或许会令人感动。

不过，现在请给我你的答案。我从利萨克穿越乡间地区前往菲耶兰时所冒出的各种念头，让你产生了什么样的感想呢？

我实在不晓得该如何表示才好。我只能说出大致类似“你那位女学生”的讲法：“一切都非常引人入胜，斯坦！”但这一回我不是在讽刺，我的确那么觉得。毕竟看见你写出了这样的句子，的确让我感到欣慰：“……但目前我们也无法完全否认，这整个宇宙宛如一座喷泉，汇聚了许许多多物体形式千变万化的灵魂和精神。”而且下面这个讲法也很不错：“我相信，在形塑出我们这个宇宙的物理法则背后，必定还存在着一个更深层的解释——或者是根源和起因。”或许这些字句果真包含了你所谓“最基本的信仰”，你最起码已经设法借此回答了我的问题，说出你到底相信什么。

但除此之外我还问到了更多的东西。我想知道你的梦境如何。可是我却又一次收到了关于唯物主义的长篇大论。我一秒钟也不会怀疑，那称得上是自然科学方面的精心杰作，或者也可以被看成是游记，然而你却只谈到了我们心灵本质的外壳。对我来说，你就像是把注意力集中在贝壳上面，却忽略了里面圆滚滚的珍珠。但每一个里面藏有珍珠的贝壳，往往伴随着成千上万个空壳子！

你总是会有新东西让我大吃一惊。

我坐在一艘环绕地球轨道的太空船内，发现自己正处于失重状态。我感觉自己仿佛没有了身体，只剩下纯粹的意识。

我下方的行星已被粉尘和烟雾所遮盖。整个地球是黑压压一片。我既看不见海洋，也无法分辨陆地。就连喜马拉雅山脉的冰原岛峰，也无法从黑色的“核冬天”向外探出头来。我不断呼叫：“休斯敦控制中心！休斯敦控制中心！”但我晓得这一点用处也没有，因为无线电已是一片死寂。我原本应该拦截的那颗小行星，看来已经毁灭了全人类或所有的脊椎动物——至少是那些生活在陆地上的动物。

我继续沿着轨道环绕这颗焦黑的行星，并且再度经历了从前所发生过的事情。正如同在白垩纪与第三纪之交，或者在二叠纪和三叠纪之间所发生的那般，又有一颗小行星撞击地球，几乎摧毁了所有的生命。上一次的撞击导致恐龙灭绝。这一回恐怕根本不会有任何脊椎动物存活下来，而那是我的错！如今一切都只能怪罪于我。

那颗巨大小行星的直径有好几千米，而且它早就位于跟地球相撞的轨道上。联合国召集了一个危机应变委员会，历史上首次出现各国同心协力的行动，希望避免地球遭到毁灭。

经过精心策划之后，决定派遣一艘携带大型核弹头的载人太空船升空，执行一项自杀任务。我跟哈桑和杰夫自告奋勇报名参加了这项行动。核弹头将在我们接近小行星的时候引爆，但爆炸时应该保持足够的距离，以免将小行星炸成碎片。我们的工作只不过是把小行星推入另外一个轨道，使得它大角度偏离地球。

发射升空之前的最后任务简报指出，小行星撞击地球的概率高达百分之九十九。我们不必亲自引爆核弹头。一切将由计算机代劳。我们的任务只是一直保持航线，朝着那个敌对物体飞去，而核弹头会在进入恰到好处的距离范围时自动引爆。整个任务执行起来就是那么简单。

我们是好几百名志愿航天员当中的三个。筛选的过程非常漫长，我们的生理和心理特质都经过测试，但最后的人选是由抽签来决定。这么一来，所有的入围者都可以获得公平机会，不必人人都得以身殉难。这完全是一个自愿行动，只有到了最后关头才宛如俄罗斯轮盘一般。结果我们三人中选以后，不管抽到的是胜签还是空签，我们都马上变成了英雄。我们这批人即将飞入太空，把地球从毁灭中拯救出来。能够脱颖而出成为先锋一事，令我们十分自豪。

我们必须在火星和木星之间向那颗小行星展开攻势。全人类甚或整个生物圈的命运，都有赖于我们这组人马的精确和冷静。

可是我沉不住气，突然惊慌失措起来。因为再过几分钟我们就必须死亡。无线电传来的最后一句话是："伙伴们，祝好运！现在请喝下最后一杯。感谢你们！"

然而我不想死。我还打算多活一点时间，于是在关键时刻驾驶太空船偏离原定路线好几度，使得任务无法执行。我仍然记得哈桑与杰夫发出的抗议吼声，可是一切为时已晚。我被训练得太差劲了——要不然就是那些心理、生理测试对我没用。

我们在阳光映照下，眼睁睁看着那颗小行星从旁疾驰而过。依据最后的预测，小行星一定会命中地球，而且全人类在撞击后遭到毁灭的可能性高达百分之九十九。

那是一颗巨型的小行星。它外观狰狞，不禁让我联想起马格利特的那幅画作。小行星将落在中亚细亚，可实际撞击的地点已不具任何意义，因为此次碰撞将为整个地球带来毁灭性的后果。

我环绕着一颗焦黑的行星运转，可是我无法辨识各大洲。烟雾和粉尘向上蹿升，弥漫于大气层中，大气层本身显然已经严重受损。于是我又回忆起太空舱内所发生的状况。

现在我想了起来，我曾经感觉非常羞愧。哈桑和杰夫只是坐在那里瞪着我看。杰夫掌心向上，两手一摊，做出人们在一切都被搞砸之后才会出现的动作，并且万念俱灰地向后躺倒。哈桑则开始号啕大哭。我深深感受到杰夫的轻蔑鄙视与哈桑的哀痛欲绝。哈桑是一位虔诚的穆斯林，坚信自己将在成功完成任务之后立即进入天堂。可是我觉得那种定见实在令人难以理解，因为哈桑也同样坚定地相信，真主决定他是否能够成功完成任务。这么说来，真主显然已经贯彻了他自己的意愿。

我再也无法忍受这一切耻辱。我用了几个技巧十足的动作，把他们二人的氧气供应切断。我延长了自己在太空舱内存活的时间。跟之前几分钟比较起来，我能够活下去的时间多出了两倍。我把太空船朝着地球开了回去。我一定要看个明白，我自己的行星上面到底发生了什么事情。可以确定的是，情况不可能更糟。我有足够燃料让太空船返回环绕那颗焦黑行星的轨道，并且有足够氧气让我绕着地球运转很多圈。

我希望利用自己所剩余的最后几个钟头，彻底想清楚一切到底意味着什么。如今是进行沉思的时刻——什么是生命？什么是意识？因为我在此时此刻才完全确定，除了我正在环绕的那颗焦黑行星之外，全宇宙的其余地点都不曾演化出理性与智力。我是整个宇宙当中唯一残存下来的意识。

既然身为全宇宙的代表者，我只要一想到宇宙即将陷入一个令人难以置信的沉闷阶段，便不由得悲从中来。拥有意识的宇宙和没有意识的宇宙，毕竟是两个截然不同的概念。我也为自己感到难过，因为我只剩下那么短暂的时间来继续当我自己。假如我不曾把杰夫和哈桑的时间据为己有的话，那么我们三人现在都已经死了，宇宙中的意识也早就随之消失得无影无踪。而我自认为非常重要的事情是，我延续了宇宙本身的意识。

接着我开始回想起我自己的生活。但或许我并非在回忆，而是真的又重新回到二十世纪七十年代，在克林舍看见了你：

你是那么兴高采烈，你露出淘气的微笑，我们做着昔日常做的事情。我们在晚餐以后散步前往位于乐沃塞特[①]森林中的咖啡屋。我们骑自行车前往大学的布林登校区，或者各自坐在家中沙发的一个角落埋头准备功课。我们开车来到诺曼底，趁着海水退潮的时候徒步走到外面的小岛，你从海床捡起一枚蓝色的海星。我们还骑着自行车前往斯德哥尔摩旅行。途中我们在托腾湖[②]划了划当地一位老农借给我们的老旧扁舟。他猜想我们两个人一定发疯了，而他愿意把小船借给我们的唯一理由，就在于同情我俩精神不太正常。

我向下遥望那颗焦黑的行星。它是我自己的摇篮，而且也是意识的摇篮。遥望的同时，我甚至可以选择前往自己于地球上生活过的任何时间和地点——例如在梅拉伦[③]湖畔的马路旁边。我俩不得不在那里停下来，因为一个轮胎瘪了。我气得咬牙切齿，而你对我直言相劝。事到如今，当我还在自己的太空轨道上运行，而你和全世界都遭到毁灭之后，我

---

① 乐沃塞特（Ullev.lseter）是奥斯陆北郊的滑雪胜地。

② 托腾（Toten）湖是瑞典中南部的一个小湖，位置在奥斯陆和斯德哥尔摩的正中间。从奥斯陆前往斯德哥尔摩必须东向穿越整个瑞典，骑自行车那么做确实略有“发疯”的嫌疑。

③ 梅拉伦（M.laren）是瑞典第三大湖，东西向延伸120千米，斯德哥尔摩位于该湖东端。

才终于领悟你那天早上讲得很对：“不要因为必须修补自行车内胎，就失去了好心情。你这个傻瓜，现在正是夏天，而我们还活着！”

如今我返回地面，将往事全部重温了一遍。我们开着从你父母亲那边借来的汽车，从卑尔根前往吕特勒达尔搭乘渡轮。我们站在甲板上眺望松恩峡湾，随即抵达洛斯纳和外叙拉两座岛屿之间的狭窄海峡，在克拉克海拉靠岸。我们驾车穿越几座岛屿之后，又搭乘小渡轮来到诺拉。那整座被蚀刻出来的群岛自成一个天地，遍布着海湾、岬角、渠道与湖泊。而我们在当地的最后几千米路程，是从诺拉继续开车来到库格鲁夫，途中你要求在一个特定地点停车，以便把最美丽的海景介绍给我看。你因为能够与我一同来到儿时的天堂而难掩心中的兴奋，你喜不自胜。最后我们在你外婆兰蒂的房子前方停下车来，而我才刚刚和她见面，便感觉好像已经认识她一辈子了，但那只不过是因为我可以从她身上看到你的缘故。在那里我们表现得跟小孩子没有两样。我们去艾德斯杂货店购买糖果和冰激凌。每到晚间，我俩就躺在蓝色房间里面的床上，轻声细述自己于漫漫夏日所经历和探索过的所有事物。

一切都围绕着两个故事打转——我自己的故事，以及全宇宙的故事。但这两个故事已相互交织在一起，假若没有宇宙自己的故事，就不会有我的故事，更何况我还花了半辈子工夫来钻研宇宙的历史，而且现在万一没有我的话，宇宙就没有自己的意识了。如今除却我的记忆之外，已经别无其他的记忆存在。

我可以在太空舱内坐上很长时间，看着地球和宇宙的历史事件宛如骑马接受检阅似的，从我眼前列队穿越太空，直到“记忆与意识的年代”在几个小时以后永远磨灭为止。而当我用这种方式来进行思考的时候，我所代表的对象已经远远超出自我。我感觉自己仿佛一直坐在太空舱内，在那里出现了我上述的各种想法。这回我一次也没有遭遇过平常在睡梦中经常会出现的情况——于半睡半醒之际体会到自己正在做梦，我完全不受干扰地继续做梦。一颗巨大的小行星撞击了我下方的行星之后，我就置身那艘太空船上。我仍然记得仪表板的全部细节，以及屏幕和显示器所呈现的一切。我可以非常清楚地看见杰夫和哈桑，看见他们脸上的特征与线条——我跟他们十分熟稔，彼此熟悉的程度甚至超过了其他任何人，因为我们曾经在狭窄的太空舱内共同度过那么多个小时。如今他们躺在自己的座位上，不再有生命迹象。

我以双重方式来经历那一切，因为我同时也能够离开太空船，与你共同前往我们曾经去过的任何地点，就像我曾经有过的强烈的灵魂出窍的体验。整件事情完全缺乏连贯性，而且不合逻辑，但我可在某种程度内随心所欲选择自己在地面所处的位置和时间，情况就好比是萨满巫师所进行的精神之旅。当我们一起待在诺曼底的时候，我们真的就在那里。当我们坐在哈当厄尔高原的大石头上、共同享用烤鳟鱼之际，我们的确在那么做，我能够闻到烤鳟鱼的气味。其间已无生命状态，而且缺乏时间先后顺序，所剩下的只有延续性和永恒性——它们宛如一个巨大的容器，任人从中抽取一小块又一小块的马赛克碎片。不对！那些马赛克碎片是用色彩缤纷的玻璃制成，被密封于一个万花筒内，而我就坐在太空船里面看万花筒。我可以选择将哪一块记忆的碎片使用为焦点，并且再度身临其境。

我突然冒出一个想法，感觉你仍然还活在那厚厚一层烟雾、粉尘和黑炭的下面。我开始意识到，说不定你就是唯一的幸存者。毕竟那是梦中的逻辑，或者更准确地说，那是很典型完全没有逻辑的梦境。我继续想着，你得协助我返回地面。你之所以能够存活下来，是因为你躲进了西挪威一条深长的隧道避难。只有你才有办法在下面接应我。我很快即将落入约斯特达尔冰河下方的峡湾分支，而等到太空舱在峡湾中央载浮载沉的时候，你就会把舱门打开。那在梦中根本易如反掌——你只需要划着小船过来，就可以把我接出去。

我又一次经历了昔日划船横渡峡湾时的情景。我俩躺在对岸旧谷仓旁边的草地上晒太阳，因为你不愿意在旅馆前面的草坪做日光浴。现在我们就躺在那里。此时天气非常暖和，想必至少有二十摄氏度，我们已经把一瓶汽水放入岸边的水中冰镇。过了一会儿我们又划船回去，看见几只鼠海豚。它们从巴勒斯特朗一路穿越峡湾游到这里，绕着我们的小舟转了好几圈，让我们心神不定。不过它们很快就游开了。

我环绕那颗焦黑的行星运转了一圈又一圈。我心急如焚，因为只要再过几个小时，宇宙中就再也没有精神生活了。于是我双手合十，向我并不相信的上帝祈祷："请把时间倒转回去！请再给我一次机会！难道这整个世界就不能再获得一次机会吗？"

然后出现了一个奇特的状况，那是在电影里面不可能演出的事情，毕竟梦境本来就是一个截然不同的剧种。杰夫和哈桑冷不防动了动身子，并且还眨了眨眼睛。那么接下来又如何呢？接下来弥漫于地球周围的粉尘和烟雾蓦然消散得无影无踪，我可以清楚望见下方蔚蓝色的大西洋。现在我们正在太空中航向非洲西海岸……

那时我醒了过来。我怎么样也无法相信，那只不过是一场梦而已。其中最奇特的莫过于杰夫和哈桑。他们是如此栩栩如生、活灵活现，而且与我在现实生活中所见过的任何人全无相似之处。我心中留下了一种神魂颠倒的感觉，认为不同的真实世界必定可以平行存在，而且这种精神上的旅程确实有可能发生。

远处的山坡上依旧云雾缥缈，不过峡湾清晰可见。

我走下楼吃早餐的时候，仍然完全沉浸于自己的梦境中。然后我端着一杯几乎满溢出来的咖啡走到外面的阳台。

而你就站在那里！

·6·

是的，我就站在那里。说不定当时你已经恍然大悟，晓得自己做了一个预示未来的梦？

嗯，是吧……

你正在做什么特别的事情吗？

没有。怎么了？

我的意思是，今天晚上你还会很忙吗？

不会，恰恰相反。贝丽特刚刚和她的妹妹一起到剧院去了。

在此情况下，我觉得应该继续进行我们的对话。尼尔斯已经出门去跟朋友打桥牌了。现在整个晚上都将属于我们两人所有。坐在这里远眺下面的卑尔根市区，是多么令人心旷神怡的事情。然而我的心中并不平静……

那么你呢？现在你正待在哪里？

我坐在家中一楼的一间小工作室内。从我书桌前面的窗户也可以俯瞰市区风光。暮色正开始笼罩奥斯陆，市内的灯火已变得越来越明亮。我还能够望见艾克贝格和奈索登两个郊区城镇的灯光。

我正向下远眺港区、十字教堂，以及更远处的圣约翰教堂。此外我还看见了就在小隆额果斯湖[1]正前方的消防局和市政厅。

你写着："而你就站在那里。"说不定当时你早已体会到你的梦境预示了未来……

当我在前一天傍晚抵达那家古老木构造旅馆的时候，我感觉随时都有可能在大厅或餐厅与你不期而遇。通往楼上客房的每一级阶梯，墙上的每一幅图画和挂毯，都让我忍不住联想起你。此外还有那个老旧的电话亭，你仍然记得它吗？或者换言之：我来到明达尔旅馆之后被迫认清的事实，就是你不在那里。无论哪一个角落，你都踪迹全无。无怪乎我会梦见昔日我俩生活在一起时的情景了。而最不可思议的事情是，你突然站在外面的阳台上。那正是我所称的"离奇巧合事件"。不过你也来到当地一事，并非我梦见你的原因。

并非原因？当你绕着你那颗焦黑行星运转的整个夜晚，我刚好就躺在附近的一张床上就寝。难道你不认为，在你各种梦境的背后，极有可能出现了我们之间的心灵渗透？你是

① 小隆额果斯湖（Lille Lungeg.rdsvannet）是卑尔根市中心一个八角形的小湖，在本书第9章具有重要意义。

否知道，人们在做梦的时候——处于“眼球快速转动睡眠阶段”之际——心灵感应和预知未来的能力特别敏锐？用专业术语来说，那种现象叫作超自然梦境。在这方面已经有了不少实验室研究，而且人类学的资料也呈现出完全相同的结论。你有没有读过冰岛关于“蛇舌京勒伊格”的萨迦传说？[①]但无论如何，你一定还记得《圣经·创世记》当中记载的约瑟和他做过的梦。那些都是很典型的超自然梦境，或预示未来的梦境。

当我年纪很小的时候，我的母亲曾经把关于海尔嘉、京勒伊格与赫拉芬的萨迦传说故事读给我听。你应该还没有忘记我是在冰岛出生的吧？其实真正的问题只在于那些传奇梦境的文学真实性如何。不过我也同意，几乎世界各地都盛行解梦这种做法——我是说，意图借此道出与未来有关的事物。

---

① 京勒伊格是古冰岛“毒舌派”吟游诗人（983—1008），被称作“蛇舌京勒伊格”（Gunnlaug Ormstunge）。京勒伊格与冰岛第一美女海尔嘉（Helga）青梅竹马并订有婚约。但京勒伊格周游四海返国之后，却发现海尔嘉的父亲已将女儿许配给其仇敌赫拉芬（Hrafn）。二人乃相约前往挪威决斗；京勒伊格虽击毙赫拉芬，三日后亦伤重而亡。海尔嘉的父亲曾在女儿出生前做过一个梦，梦中有两只老鹰因为爱上同一只天鹅而交战，结果双双横死。（那则冰岛传奇故事或译为“贡恩劳格萨迦”。）

你梦境中所具备的一切特征，都完全符合我所称的“预示未来的梦”。那是一个典型的“启示之梦”。难道你不同意我的说法，不认为那个梦境格外紧凑，并具有强烈的表现力吗？

我当然同意你的说法。我甚至在山上的牧羊人小屋那边就已经告诉过你：我做了一个生动有力且异乎寻常的梦，而且说来奇怪的是，我醒来几个小时之后竟然与你一同漫步。或者我应该表示，那是在你把我从太空接回地球几个小时以后的事情？对我而言，那个梦境让我多方面体会到，当初我俩共同度过的岁月如何继续萦绕在我心中，并且深深影响着我。同时我也感觉得出来，自从分手以后，我就或多或少绕着一个“轨道”运行，置身于自己从此所过的生活之外。梦境很可能多半衍生自人们在前一个白天所经历的事物。而当天大多数时候，我都在穿越笼罩于浓雾下的大地。

但那同时也是一个令人心生畏惧的噩梦。其情况就好像是，你渴望找到自己能够信仰的事物。认为自己是宇宙间唯一意识的想法，其实正在乞求遭到反驳。我的意思是：你正在恳求**自己**驳斥这种错误的观点。斯坦，还有更多的**我们**——

我是说，宇宙中还有更多的灵魂，而且我相信我们是一大群灵魂。我当然不知道我们的数目有多少，可是我相信，我们几乎多到了数不胜数的地步，多得就跟太阳在夏日洒落到海面上的光点一样难计其数。

对不起，苏伦。我实在没办法在这种事情上继续跟着你的意思走。你能原谅我吗？

我不只是能够原谅而已，我还能够非常宽宏大量。你相信物质将会比精神存在得更久，从你的梦境也可以很清楚地看出这一点——于是这整个庞大无比的宇宙，有朝一日将会像废物堆般被我们遗留下来。我的信念却恰恰相反。我们的灵魂想必会比物质世界的污浊更加恒久。如果我们二人在哪一点上面意见相同的话，那就是自然界的一切迟早都将朽坏。

不幸正是如此。依据“热力学第二定律[1]”，那是无法避免的结果。

---

① 热力学第二定律可简述如下：“任何高温物体在不受热的情况下，都会逐渐冷却。”

但没有任何可相提并论的定律指出，时间的蹂躏能对精神上的事物造成一丁点儿伤害。

因为“我们拥有一个自由的灵魂，而且它会在身体死后继续存在下去”。我相信我听懂了你的意思。

不妨想象一下，你正在树林里散步，沿着一条你已经好几个星期没走过的小径前行。接着你突然来到一栋你从未见过的崭新小木屋面前。那里冷不防冒出一栋小木屋，此事本来就已经颇不寻常。而正当你驻足察看的时候，只见大门一开，从屋内走出一个笑容可掬的男子。他有着蔚蓝的眼睛和雪白的牙齿——看起来简直像是特地为那栋小屋定做出来的。他深深一鞠躬，并开口说道：“早安，早安。”整个场景非常超现实，而且相当神秘。

接下来的问题是：发生了什么事情？是那栋小屋先用森林里的树木把自己搭建起来，然后又创造出那名男子，以便屋内有人居住？或者情况恰好相反，是那名男子先把小屋盖好，然后才自己搬进去住？

我想问的是，那么你觉得哪一种情况比较合情合理——到底是先出现了精神，还是先出现了物质呢？你在描述你的旅程时得出结论，表示你可以隐约察觉到，意识跟“宇宙在最初几分之一微秒内所发生的事情”之间具有某种关联性。而现在我所提出的问题就是，你认为在开天辟地的时候首先出现了什么？是意识呢，还是在那最初一秒钟之内所发生的巨大能量释放？

你不也曾经表示过：“在大霹雳所创造出来的时间与空间的‘后面’或‘外面’，可能‘另有其物’高高在上”？这是你自己的说法。因此若将宇宙大爆炸说成是一切事物的“起源”，那岂非引喻失义吗？我们所知道的世上最巨大的谜团，很可能只不过是从一种状态继续发展到另一种状态的过程而已。

我不知道。是的，现在我再也不知道了。我们其实什么都不知道。

你在梦中陷入绝望。你产生迫切需求，想要从你的唯物主义世界观那边被解救出来。你甚至进而向你所不相信的上帝祈祷。由此可见你确实已经完全无助了。

可是你难道看不出任何化解心灵矛盾的可能性吗？就连在有过那种意涵丰富的梦境之后还依旧如此吗？那个梦境简直是郑重做出了再清楚也不过的宣示，说明你其实具有非常活跃的精神生活。更何况你在梦中的祈祷已得到响应。那只能表示，你至少已经在不知不觉当中，对自己的无神论产生了怀疑。

难道你从来都没有过任何这方面的“经验”，斯坦？难道你从未经历过任何会让你觉得意味着“心灵”和“先验”的事情？

现在只有十点钟，离我就寝的时间还久得很。

是的，我有过那样的经验——它发生在二十世纪七十年代。今年七月那天，当我们坐在山间牧羊人小屋废墟的时候，我就已经打算向你透露此事了。我正准备说出那个强而有力的梦境，结果却跑来了那些小牛，而且你也清楚我们在下山途中为什么没有多做交谈。我记得当时我们仅仅表示：说来几乎令人心痛的是，到了我们这种年纪竟然还会承认，有某件事情能够突然让我俩彼此略感尴尬。我们就在一瞬间变得再也无话可说。所以我才建议，我俩至少可以开始互通电子邮件。而你一定还记得，我是在走过山下的步枪靶场和红色谷仓之际提出了那个建议。我们在旧书店找到你的丈夫之后，便结束了我俩之间的一切对话。本来我还以为我们可以三个人一起坐下来喝杯咖啡，借此为重逢画下完美句点，可惜我们没机会那么做。

当初你离开我整整一年后，我才再度听见你的消息。那时你要求我收拾你的物品，并把它们寄往卑尔根。正如同你最近在电子邮件中所言，那个任务可一点也不轻松，因为我俩从前所拥有的东西，多半都是我们一起买来的。我们在十九岁的时候住进同一栋公寓，过了五年后，实在很难在“你的”和“我的”之间做出区分。不过我相信自己还算慷慨大方，绝对没有让你吃亏。替你整理东西时，情感上的价值是其间最重要的考量点，而且我十分清楚哪些物品是你所特别钟爱的。没有任何法则规定，一方基于情感因素而特别珍惜的东西，会让另一方觉得比较没有价值——其实情况往往恰好相反。你还记得我们离开斯科纳之后，在斯莫兰①购买的那个玻璃铃铛吗？虽然我也非常喜欢那个铃铛，但我还是很小心地把它用纸巾包裹起来，然后寄过去给你。但愿它在运输过程中顺利幸存，至今依旧完好无缺。

我曾经听说过一个有关夫妇离异的故事。双方已经协议分手，并且秉持合作精神开始平分他们所共同拥有的全部藏书。可是他们很快便发现，一方想要据为己有的书籍也是另

① 斯莫兰（Sm.land）是瑞典东南部的省份，与斯科纳相邻。当地的玻璃工业极为出名。

一方所中意的对象。打算平分的书本越多，这种情况也就出现得越发频繁，结果二人甚至开始讨论起某些书中的内容。最后双方注意到，他们彼此实在是太接近了，根本就难分难舍。那对夫妇直到今天都还住在一起，而且觉得当初几乎导致他们分手的那个原因，根本就是小事一桩。

在我们自己的案例当中，书籍也扮演了非常重要的角色，然而它们所产生的效果完全相反。我想到了你关于那方面的大量书籍，但主要是联想起特定的一本书，你清楚我指的是哪一本。有时单独一本书里面所暗藏的破坏力，甚至可以比一整个插曲还要超出许多。

当我把所有属于你的物品都打包寄出以后，我感觉我们的分手已成定局。不论是为了昔日的共筑爱巢还是为了如今的劳燕分飞，我们都不需要任何相关证明文件。

那天早上我前往邮局寄出了三个纸箱以后，并不想马上回家。我驾驶那辆福斯汽车开上环城大道，随即按照我俩从前习惯的做法，继续沿着德拉门路迤逦而下——直到通过桑德维卡，朝着苏利赫格达以及赫讷福斯的方向移动之前[①]，

---

① 桑德维卡（Sandvika）位于奥斯陆西郊；苏利赫格达（Sollih.gda）位于提里峡湾湖东南岸；赫讷福斯（H.nefoss）则位于提里峡湾湖北侧。

我还不清楚自己到底打算前往何方。

五个小时以后我经过了海于加斯特尔。接着我稍稍往南行驶，而后一路向上前往哈当厄尔高原，把车子停下来并且找到通向我们昔日营地的路径。我在那一带四下徘徊，并且在洞穴前面坐了很久，然后才走回汽车继续上路。

那个地方的情况，看起来就仿佛我俩昨天才离开它一般。我俯身进入山洞，在里面找到了我们的卧榻，以及那块未经鞣制的羊皮。你当初的想法是，如果有人在寻找走失羊只的时候发现了这块羊皮，那么丢了一只羊的那位农民或许能够得到补偿。反正你一向乖乖付钱，从不白拿别人的东西。只可惜羊皮仍旧摆在那里。

杜松与矮桦的焦黑残枝依旧散布于石块之间，跟我们刚离开的时候完全没两样。我还发现了当初我们留下来的其他许多痕迹。我或多或少有系统地开始进行了情色考古学。你遗失了一只绿色手套、一枚五克朗硬币，以及一个用轻金属制成的发卡，但发卡岂不违反了我们的石器时代规则吗？幸好我不记得你曾经在此地使用过发卡，或许它只不过是从你的口袋里面掉出来罢了。那时我俩还变得越来越蓬头垢面，但由于肥皂和洗发精都被列入黑名单，我们只得拿矮桦、地衣和苔藓来代替肥皂。

我还找到几枚我们自制的鱼钩，而且令我汗颜的是，在山洞外面到处是我们抛弃的鱼骨头。不过真正的穴居人当初一定也在著名的克罗马侬石窟那么做过。我记得那时我们是这样相互表示的：我们不妨邋遢一点。对我俩来说最重要的事情，就是要把那种生活过得越逼真越好。毕竟当时我们还只能勉强算是人类而已。我们才刚刚经过了从动物过渡到人类的阶段，因此我们不可过于循规蹈矩，我们必须有一点粗鲁和马虎。

紧接着就在倏忽之间——因为事情确实来得非常突然——我仿佛丧失了对自身的掌控能力，和周遭的景物融为一体。刚好就在此时此地发生了这种现象，让我觉得它是一个巧合，因为我未曾做出任何动作来促成此事发生。那种感觉就这么席卷而来,使得平常我在心中认定的“我”和“我的”都化为乌有，只变成了一种幻想。

我放弃了自我，却不觉得那是一种损失。那只会让我充满解放感和充实感，因为我同时也深切领悟到，我的意义远远超出了迄今汲汲营营的那个“我”。我不仅仅是我自己而已。整件事情原来就那么简单。我还是环绕在我四周的整座高原，整个国度，甚至是从最小的蚜虫直到天上星系等的一切存在物。一切都是我，而我就是一切。

我发现自己处于一种难以言喻的意识状态之中。我既感觉得到而且又可以体会出来，我就是我自己正坐着的那块大圆石，以及那边的巨砾，还有这一块和那一块岩石，同时我也是所有围绕在我身边的石楠花、岩高兰以及矮桦木。接着我听见一只金斑行鸟传来忧郁莫名的啼叫声，但那也是我自己：我正在呼叫，想用叫声来唤醒我自己的注意力。

我露出了笑容。原来在一个波涛澎湃，由各种感官印象、意念和渴望所组成的表层下方，我始终具备一个更深邃的身份——它沉默安宁，与一切存在的事物有所关联。如今明白此事之后，我汹涌的表面也跟着平静下来。我曾经是世上最大假象的受害者，误以为自己能够完全脱离其他的一切。此际我却不曾出现任何的“超凡脱俗”的感觉。相反的是，那种经验彻头彻尾来自这个世界。

我感觉到一种强烈的无时间状态。但这并不表示我自认为已经超脱于时间之外，我反而觉得自己正交织在其中——所融入的对象不仅仅是瞬息万变的当下，还包括了所有的时刻。我不只是过着我自己的生活，我不只是“那里”和“当时”，我更是过去、现在和将来。我正在全方位地成长，而且我会一直这么进行下去，因为万物都是一体，而融为一体的万物就是我。

接着一切都开始消退，因为我所描述的是一个稍纵即逝的经验。我有幸得以窥见永恒，看见了一切存在于我之前，或者将在我之后出现的事物。虽然那种状态本身只维持了短短几秒钟的时间，不过我在那种灵魂出窍的状态下获得一种全新的认知，而且我知道，这个境界将会一辈子伴随着我。

就不多谈我的亲身体验或意识状态的本身了。虽然刚才我试着回忆一个真实的经历，但我相信即便事后透过纯粹的思维，照样也可以在若干程度上获得相同的感受。

我们往往喜欢表示，我们正置身在世界上、在宇宙中或地球上。好吧。不过若能抛开这些烦人的先入为主之见，那岂不可以成为一个引人入胜的游戏，甚至是一种解放的动作？——我就是世界，我就是这个宇宙。

在那座高原上面，我达到了一种几乎无法用言语来形容的意识状态。然而我所经历的事物却都是真实的。我真的就是这个世界。

你的看法如何呢？你能从我在此勾勒出来的轴线当中，看出任何和解的希望吗？当你想到，过了一百年、一千年或一百万年后，照样会有野兔、松鸡和驯鹿在哈当厄尔高原奔跑，这种想法能够让你从中得到乐趣吗？你是否同时也可以感觉得到，在某种程度上你就是将在你身故以后出现的那种缤纷多样性？这种感觉是否也能如同下述虚无缥缈的概念一般，带给你一丝心灵上的宁静呢？——你自己的“小我”将会比尘世的生命更为持久，然后以精神的形式存在于灵魂的天堂之中。

请试着想象下面的两难式。在你面前的桌子上面有两个按钮让你选择。如果按下其中之一的话，你会立即死亡，而且离开尘世之后就没有了个人的生命；不过同时你却可以得到保证，人类和地球上的其他每一种生命形式都能够亘古长存。这意味着，于数不胜数的世代内，还继续会有小女孩在海岸的礁石间跑来跑去，一如当初你在五十年代末期所做的那般。你也知道，我有办法用我心灵的眼睛看见她们。此外我还可以察觉到，正有人群在下一个角落那边摩肩接踵。可是你面前的桌子上面还有第二个按钮，如果你按下它的话，你自己就可以健健康康地活到一百多岁。只不过——而且这正是两难式所在之处——全人类乃至于地球上所有的生命都将跟着你一同死亡。

你会选择哪一个按钮？

我相信我会毫不迟疑地选择第一个按钮。我无意借此表示自己宅心仁厚或者乐于牺牲奉献。但我绝不只是我自己而已，同时我不仅仅过着我自己的生活。如果更深入察看的话，我也是全人类，而且我盼望全人类能够在我死后继续繁衍生息下去。这个愿望其实是出自我的私心,因为我眼中的“我”，大半立足于我自己肉体以外的事物。在这一点上，我们的看法相当接近。“我”不只是我自己的肉体而已。并非所有的东西都会与肉体共存亡。

近来不断有人企图诱使我们相信，我们的“自我”才是真正的宇宙中心。然而这岂不是一种非常累人的生活方式吗？我的意思是，难道我们只能面对这样的前景——宇宙的中心只剩下了几年或者几十年的光阴能够继续存在？

我在那座高原上面体验到心灵的解放。我感觉仿佛挣脱了自我中心主义的桎梏。那就好像是打破了一道铁箍环，一道由自私和自利所构成的铁箍环。

不过我还有更多的话想说。

我走回汽车的时候已经快四点钟了,脑中闪现一个念头，觉得应该继续开车往西边前进，而非立刻朝着奥斯陆的方向踏上归途。我很快便穿越了哈当厄尔高原，随即继续向下通过墨博山谷，接着我在欣萨维克搭乘渡轮来到峡湾对岸的诺尔哈伊姆森，然后从那里开车途经克瓦姆森林山一路前往阿尔纳。[1]等到抵达阿尔纳之后，我开始考虑掉头回去，因为那时已经是晚上，而且克林舍更远在四百多千米外。

但现在我已经离你这么近了，绝对不可以掉头就走。于是我干脆开车进入卑尔根市区，把红色的福斯汽车停放在诺德内斯[2]。随即我从那里出发，信步在街头徜徉。此事看起来非常荒唐，我甚至在横渡哈当厄尔峡湾的时候就已经领悟到：其实我大可亲自用汽车把你的纸箱载运过来，而非邮寄给你。反正那整件事都愚蠢至极，因为假如我把纸箱带过来的话，那么我就可以名正言顺地过去拜访你了。

不过我确定很快就可以跟你在市内的马路上见面，毕竟我已经开车跑了那么远的路过来。我转过一个街角却没有看见你，又相信只要走到下一个街角就会遇见你。最后我一路走到斯康森，在那里踯躅了好一阵子。从前我曾经几度去过你父母亲位于南布列克街的公寓，但现在我可不能老是站在屋子外面，因为那未免太煽情夸张了，而且我也觉得不应该就这么按下门铃。我害怕会把令尊和令堂也

① 阿尔纳（Arna）原为卑尔根东北郊区的城镇，1972年并入卑尔根市区。克瓦姆森林山（Kvamskogen）则是一座高原森林，位于哈当厄尔峡湾北岸的诺尔哈伊姆森（Norheimsund）与阿尔纳之间。

② 诺德内斯（Nordnes）是卑尔根市区西北端的一个小半岛。

牵扯进来。

我心里想着，你一定很快就会出门散步。既然你总是有办法敏锐觉察我位于何地以及将在何时出现，那么现在你一定也能够发挥自己的第六感——走到门外与我见面。可是你并没有第六感，苏伦，至少那天晚上没有——假如当时你待在家中的话，因为你说不定也有可能是在罗马或者巴黎。开始下雨了。我没钱去住旅馆，于是又向外走回诺德内斯，而且依然认为会在走回汽车之前先遇见你。结果到最后我浑身湿透、头发凌乱地独自爬进那辆红色的福斯汽车。我插入钥匙发动了引擎，不过挣扎仍未结束，因为即使在驾车出城途中，我都还四下寻觅你的踪影，我心里想着：你可能只是出门拜访朋友而已，此时正在回家的半路上。甚至在抵达诺尔哈伊姆森时，我还看见一个与你相似的身影。但那不是你。最后我穿越峡湾，在第二天早晨返回位于克林舍的家中。我把自己锁在屋内，并且开始哭泣起来。接着我喝完闷酒便去睡了。

我俩的分离就宛如动手术一般，不同的是，没有麻醉。

是啊，斯坦……

自从当初写了那封信给你之后，我就怀抱着一个微不足道的诚挚心愿，希望你能够亲自开车穿越群山把我的东西送过来，而非只是把它们邮寄给我而已。那是我们最后的机会了。在随后几天内我对你念念不忘，有一天晚上我更想着，你正失魂落魄地在卑尔根街头走来走去。我还想象到，你已经把我的物品放进了那辆红色福斯汽车，可是你没有勇气把它们带过来当面交给我。于是我走出门外。那时已经开始下雨，所以我又冲回屋内拿了一把雨伞，必须想办法赶快找到你。我先去了鱼市场，接着继续前往托尔高曼宁恩[①]，然后又经过安恩和诺斯泰特两个市区，还一直走到了诺德内斯。可是我在每个地方都看不见你的踪影。接下来我就不再那么确定你果真已来到卑尔根了，但至少我可以清楚地感觉到，那天晚上你正在苦苦想着我，而且我知道我俩仍然彼此相爱。

时间一年又一年地过去。我记得后来写了几行字给你，表示我已经跟尼尔斯住在一起。几年以后我又从奥斯陆听说，你已经认识了贝丽特。说来奇怪的是，我听到那个消息以后并不感到高兴。我非常嫉妒……

对我而言，你所提到的最奇怪的事情，莫过于你竟然又

---

① 托尔高曼宁恩（Torgallmenningen）离鱼市场不远，是卑尔根市中心一个广场，以及一条主要商业街的名称（意为“市场公地”）。

一次上山前往我们昔日的洞穴。我十分确定，我绝对没有在那里使用过发卡，它一定是从我的套头夹克口袋掉出去的；而那枚五克朗硬币则很有可能来自你那边。

但你居然没有发现任何烟蒂？当时我们不能带着香烟一同进入石器时代，因此我们不得不一口气把香烟给戒掉，或者至少是在我们栖息于当地山区时抗拒香烟的诱惑。但有一天当你钓完鱼回来之后，我可以很清楚地闻到你偷偷抽烟所留下的味道——因为你没办法不跟我接吻。接着你立刻招认罪行并且愧疚不已。你心里非常懊恼，斯坦。你马上把那包香烟交给了我，而当天晚上它就在营火堆中化为灰烬。

那么你对我一年以后在那座高原上的经历有何感想呢？

我想我可以明白。我相信已经看懂了你的描述，而且你所经历过的事情，未必与我自己的信仰格格不入，因为从物质的层面来说，万物皆为一体——其源头更可回溯到宇宙大爆炸。但我们不都是独一无二的个体吗？我们不都是无与伦比的人类吗？从前我俩就是那么认为的。今天我还想补上一句，我们是有灵魂的生物。

想起来不免感到滑稽的是，我身体所遗留下来的原子和分子，日后将会变成野兔或山狐狸身上的一部分。但对我来说，那只是一个有趣的想法，仅限于此，因为那时我已经死亡，斯坦！你看出问题的关键了吗？昔日令我无法忍受的就是：我只能在很短的时间内继续当我自己。然而我希望长久存在下去！如今跟你比较起来，我已经有了一个更神奇的希望，一个更神奇的信仰。

我无意贬低你在我离开一年以后，重游那座高原时所有过的美好体验。可是我怀疑你到底在多大程度内，能与你所刻画出的泛神论观点契合起来；同样让我怀疑的是，当你描绘如何在两个按钮之间做出选择的时候，你的态度有多么真诚。毕竟你曾经在梦中做过恰好完全相反的事情。你牺牲了全人类的未来，好让自己苟延残喘多活几个小时。更何况你还做出了这样的勾当——竟然为了夺取氧气而杀死自己的两位旅伴，这样你才能够高高坐在太空船里面，于短暂时间内从你意识的镜像当中看见你自己。

那只不过是一个梦境而已。难道你从未在梦中做过你现实中绝对不会去做的事情吗？

当然做过，我知道你是一个体贴入微的人。你用令人动容的方式，那么仔细地挑选出属于我的物品，并把它们邮寄过来。此外你的确没有跟我斤斤计较，你实在非常大方。想来令我感到安心的是，你至少把那辆福斯汽车留了下来，因为那时我还没有驾照。况且当初是你自掏腰包支付修理保险杠和车头大灯的费用。

那个玻璃铃铛现在就摆在我面前的窗台上。我轻轻摇晃了几下。你听见声音了吗?

听见了！我对斯莫兰一直难以忘怀。在那满是芦苇的小湖上，有两只疣鼻天鹅相依而游。当时你指着它们说道:“那就是你和我，我们在波平如镜的水面上所望见的，正是我俩的灵魂。”你还记得吗？我用一只手臂搂着你，我说道:“它们是世界的灵魂。它们自己虽不晓得，然而那是世界的灵魂在湖面上戏水。”

我始终是一个热爱大自然的浪漫主义者。其实你也一样，只不过除此之外，你还感觉自己受到大自然的威胁。

贝丽特已经睡了。你还会继续写吗?

我也记起了那些天鹅。同时我仍然记得，那时我俩无法针对它们所象征的意义达成共识。我还会继续撰写和传送邮件，但是你不必勉强自己保持清醒。斯坦，你就去睡吧，你可以等到明天早晨再来阅读。

这点绝不列入考虑。我们将一同扬帆穿越今夜。

你说什么啊？我希望你没有坐在那边喝酒。

不要惊慌。难道我说出什么不伦不类的东西了吗？你就尽管写下去吧。我铁定会保持清醒。

我将尽量长话短说，因为其中的许多事情你早已晓得了。

很久很久以前，当我十岁或十一岁那年在外叙拉岛过暑假的时候，某天突然有一只燕子砰的一声撞上了外婆家起居室的玻璃窗。外婆认为我们应该先等一等，因为撞上窗户的鸟儿往往只是昏睡过去而已，过个一刻钟或者半个小时之后就会苏醒过来继续飞走。她还说，某些鸟儿有时还会获得一个新生命——死后的生命。虽然看见小鸟明明已经死了，它们却突然又重新到处乱飞。可是过了一昼夜之后，那只燕子还是没有醒过来。它在第二天早上仍然躺在那里，而我必须为它举行葬礼。我只能独自那么做，因为我的父母亲都待在卑尔根。本来我以为外婆能够帮我忙，可是她觉得埋葬死鸟是小孩子的工作——我俩曾经好几次在我症状发作以后，谈论过那次的事。

从那个时候开始，也就是我十岁或十一岁的时候，便有一股强烈的意识伴随着我长大，让我感觉自己只不过是一只羽毛凌乱的小鸟，而且我是大自然的一部分。我已经不再是小孩子了。无忧无虑的清纯时光从此成为过去。

但是，斯坦，想来令人高兴的是，许多新生儿来到这个世界之后，仍可在很长一段时间内快快乐乐地活在当下，无须害怕死亡，而且没有悲伤和恐惧。不过对我来说，这种生活在我十岁或十一岁的时候已经部分结束，自此开始了一个全新的转变。我进入青春期很久之前即已生活于恐惧中，并且在某种程度上稍稍与这个世界脱节——我已经走上了远离此世之路。

然后我来到奥斯陆并且与你相遇。中间的过程并不重要，反正那在我的记忆当中仅仅是一连串没完没了的钢琴课、打网球和写作业而已，在最后阶段还包括了谈情说爱与饮酒狂欢。但是你在我的痛苦本身上与我心心相印，因为你自己也具有这种受到伤害的一面，或者比较严肃的一面。你跟我都深深觉得，对于像我们这样的人而言，除了直接围绕在周遭的世界之外，就再也没有别的希望了。我俩便如此赤手空拳孤立无援地相互扶持，并且纵情于大自然和各种可让我们产生过度刺激的疯狂事物——至少这么一来，我俩就可以暂时封锁住一切有关我们最后归宿的负面想法。

但自从与外婆共同度过那个夏天以来，我便不断从二元论的角度来看待“存在”。我觉得灵魂就是我们的主体，至于我们所一再涌现、很容易即可满足的各种肉体需求，则是截然不同的东西——它们只不过偶然依附于我们的男性或女性特质，虽然在狂热的时刻令人愉悦，却被我们在内心深处看成是变幻无常和肤浅脆弱的东西。那时你不也有过同样的感受吗？

每当你走到我的背后，把手掌放到我的额头上，对着我的脖子呵气，将我的头发轻轻撩起，并在我耳际低声说出“灵魂，你好”时，我的喜悦比马里亚纳海沟还要深。那时，你所想到的事情已经超脱于性爱之外，而且那种情况发生的次数相当频繁。你也明白，那时你就在对着我的灵魂说话。你开启了通往一个截然不同领域的窗口，走向精神的范畴，而我的灵魂做出了回应。通常我只需要开口说出“你……”即已足够。当灵魂和灵魂进行沟通的时候，难道还会有多讲话的必要吗？反正那时的我不可能做出与你更近距离的接触。

我经历过与你有关的一些异象前兆，斯坦。我认为现在有向你提醒此事的必要。你经常在真正抵达我们位于克林舍的公寓之前，提前半个小时回家。最初几次我听见你过来的时候，都还以为那确实是你，于是立刻冲去大门那边准备跟你打招呼,有时还打算直接引诱你进入卧室。可是我逐渐发现，那仅仅是预兆而已，表明你正在回来的路上。不过那些预兆相当有用处。我可以有充足时间来布置餐桌和准备一些好吃的东西，或者在设法引诱你之前先把自己打扮一下——每一次那么做的时候都大获成功。你绝对还记得，在某些冬天晚上你回来以后，即可走入烛光闪烁，预先加热得暖烘烘的卧室。你晓得那意味着什么，你称之为“爱情三温暖”，且笑声中充满了期待。可是斯坦，现在我写出这些的目的，只不过是想提醒你：我对你如今所称的神秘事物具有“灵敏度”。对我而言那是一个活生生的现实，至少自从我俩相识以来便是如此。

何况那还不是一切。在一九七六年五月某日的清晨我们一起醒了过来——那是我俩旅行穿越山区，打算前往约斯特达尔冰河健行之前不久的事情。我做了一个梦，并且惊慌失措地转过身来对着你。当我盯着你看的时候，我的眼神让你吓出一身冷汗。莫非我的症状又要发作了？

你问我："出了什么事？"

我回答："我梦见比约尔内博已经死了。"

你却表示："胡说八道。"你向来把那种预兆看成是一派胡言。

"不，我知道延斯·比约尔内博[①]确实死了。"我继续说道，"斯坦，他再也无法忍受下去了。"

然后我开始痛哭失声。我们刚刚读完他那部描绘女作家兰妮尔·约尔森[②]生平的著作——《梦想与车轮》。我们几乎读过比约尔内博的每一部小说。结果你气冲冲地走进厨房，打开收音机。广播电台差不多紧接着就开始播报新闻，而最重要的消息是：延斯·比约尔内博已经去世。接着你惊骇莫名地回到床上，重新依偎着我。

你开口："你到底在做什么呢，苏伦？赶快停止吧！你让我感到害怕。"

是的，我果真有过那种"超感应"经验，而且当时比今日来得更加频繁。既然你的灵魂或你的"通报者"总是比你

---

① 延斯·比约尔内博（Jens Bj.rneboe, 1920—1976）是著名的挪威作家，1976年5月9日自杀身亡。

② 兰妮尔·约尔森（Ragnhild J.lsen, 1875—1908）是19和20世纪之交特立独行的挪威女作家。

自己早半个钟头抵达家中，或者当我做了预示未来的梦以后，我俩在第二天早晨便赫然发现梦境已然成真，那么我免不了会越来越容易接受一种观念：我们人类确实拥有一个自由的灵魂。我的意思是，一个不受当下所栖息的躯体羁绊的灵魂。

但光凭这一点，仍不足以让我对自己的“现实之过客”的命运释然于怀。我放声痛哭，可是你非常勇敢，愿意承受我身上所发生的一切。九月的某一天，我再度症状发作。你还记得吗？那天我们已经约好，等到我上完爱德华·贝耶[1]教授有关韦格朗[2]的课以后，就在索菲斯·布格[3]大楼门外见面，你竭尽所能地安慰我，接着你告诉我说：“今晚你将是剧院咖啡厅的女王。”

其实我们根本就负担不起剧院咖啡厅里面的昂贵消费，幸好刚在不久前获得了学生贷款，于是我们在那里消磨掉了整个晚上。我甚至还获得了两份甜点！你就是那么可爱。然而你却渐渐变成了怀疑论者。你的态度开始冷淡下来。虽然

① 爱德华·贝耶（Edvard Beyer,1920—2003）是著名的挪威文学评论家。

② 韦格朗（Henrik Wergeland,1808—1845）是英年早逝的19世纪挪威著名诗人。

③ 索菲斯·布格（Sophus Bugge,1833—1907）是著名的挪威语言学家。

你从未亏待过我，可是你已经逐渐成为犬儒主义者——我指的是在认知那方面。你的苦痛带着你走上了那条路。而我的苦痛却指向另外一条路，那是希望的道路。

心灵感应、超感官知觉和第六感对我而言早就是真实现象。我已经听见你会过来。但你迟迟未曾现身。接着你果然到了！

等到我们无意间发现那本书的时候，一切早已水到渠成。所以当我们过了几个小时遇见“红莓女”之际，我并非全无心理准备。我已经走到了路的尽头。接下来总该会柳暗花明，出现某种解脱之道……

什么是人，斯坦？你是否经常想到，在你腿部和手臂薄薄一层触感灵敏的皮肤下面，只有血和肉？你可曾试着想象过，你的肚子和肠道看起来是什么模样？我的意思是，从里面来看。难道那就是真正的你吗？你打算在自己身体的哪个部分定位出真正的中心，也就是会说话、思考和做梦的“真我”？你会把它安插在胆囊还是脾脏？在心脏还是神经？或者在你的小肠？还是说，我们应当换一种做法，在灵魂、在心灵——在真实的存在——之中来寻找这个主体，因为其他的一切都只不过像是钟表的嘀嗒声或沙漏内的沙粒罢了。如果你问我的话，我会表示那些不过糟粕。

现在回头谈一谈我们待在那家古老旅馆的倒数第二个晚上——过了那个晚上，旅馆主人的女儿就在早上出门去银行办事，并会拜托我们花半个钟头帮她照顾她的三个小女儿。

那晚我们已经喝过了苹果白兰地，正准备上楼就寝。但最终我们还是去撞球室转了一圈，打了一局撞球。想来令人觉得奇怪的是，同样三颗用象牙做成的撞球直到今天都还摆在绿色绒布上。[①]它们彼此碰撞的次数到底有多少呢？

撞球室同时也是旅馆的图书室和酒吧间。比赛结果是我十分，你八分。然后我俩就如同每天下午或傍晚时所做的那样，走到书架前面看书。架上书籍的范围非常狭窄并经过刻意挑选，它们相当老旧，而且多半跟地理、地质以及冰河学有关。我宛如站在尘世的对立面一般，突然找到了那本《灵魂之书》。它一八九三年出版于“克里斯丁亚那”[②]，那只不过是这家老旅馆兴建完毕两年以后的事情。该书翻译自法文，其法文原版则于一八五七年就已经在巴黎发行。

那是我俩与“红莓女”见面前一天的晚上。在离开撞球室之前我就已经开始随手翻阅那本书，我应该还对着你读出

① 明达尔旅馆的那种撞球桌没有球袋，桌上只有三颗球。

② 挪威首都奥斯陆在1925年以前的名称是“克里斯丁亚那”（Christiania）。

了几句，然后又把它拿到楼上的房间。回到房间以后，我们读得津津有味，并且一起大声朗读。《灵魂之书》的编纂者虽然是一个普通人，其内容却是不折不扣的灵界的告白。书中收集了举行降灵会的时候，亡灵向在世者传达出来的信息。我还记得那天晚上到了最后，你如何把书放到床头柜上，并且悄悄告诉我："十鬼在外，不如一女在怀。"我心甘情愿地接受你的哄骗，毕竟那时已经入夜了。

可是从那时起，已经有东西在我心中播下了种子。于随后几个星期的时间内，我变成了唯灵论者——或者更精确地说，变成了服膺于基督教义的唯灵论者。这成为我的信仰，我的慰藉，我心中的宁静。

第二天下午，我们遇见了"红莓女"。虽然那想起来令人觉得奇怪，可是你基本上不也认为，如果我们对某样东西敞开心胸的话，那样东西也会对我们开诚布公吗？

无论如何，只要所有的窗户都还关闭的话，小鸟就没有办法飞入屋内。它只会一头撞上玻璃窗。

一旦经历了诸如异象前兆、心灵感应、千里眼或预示未来的梦境之类的现象后，便不难顿时领悟到：原来除了我们所暂时"居住"的肉身，我们还是灵魂，归属于一个跟物质全然不同的范畴。对我来说，从此距离走上"相信灵魂不死"

之路已经不远了。

目前奥斯陆的情况如何？你已经睡了吗？

还没有，我正在阅读。现在已经接近凌晨两点了。你仍然坐在电脑前面吗？

是的。

难以置信。看来你果真找到了救赎之法。你为自己惴惴不安的灵魂找到了出路……我简直会对你又羡又妒，因为我只能置身于你的新信仰之外，冻得浑身发抖。

但我还没有完全放弃努力，仍然想把你也一起带进来。我可以向你保证，总有一天我会说服你。

我不会阻止你做这种尝试，而且说不定连我也未必完全相信我自己的泛神论。不过现在我们或许都该去就寝了……

是的，现在我们最好都去就寝。想想看，你竟然在言语上对我做出了这种让步！

晚安。

晚安。

还剩下一件事。明天我会空出所有的时间，想办法详细描述三十多年前那个事件发生的经过。现在我先去睡几个小时，然后明日一早尽快开始着手。我会设法在一整天内分几次向你发送邮件。既然你能够在脑海中记住宇宙的整部历史，我当然也有办法完整回忆起来，我俩在三十多年前到底经历过哪些事情。这么做好吗？我们是否终于到了愿意谈论那件事的地步？

我们应该善用这次的机会。昔日我俩曾经相互做出承诺，绝对不可旧事重提，现在我们或许不妨自行解除保持缄默的义务。

你猜得出来我整个晚上一直在啜饮什么吗？

卡尔瓦多斯！我能够在这里闻出它的味道。蒸馏过的苹果酒……

实在令我惊讶。看来你确实具有第六感。请先好好睡一觉吧，然后明天早晨轮到我听你讲。

祝好眠！

·7·

一九七六年五月下旬某天下午，我在我们克林舍公寓的卧室凭窗而立。窗子大大敞开，天气十分暖和，我尽情呼吸着春季的清香气息。我不知道自己吸入的究竟是新一年的芬芳呢，还是去年落叶所散发的酸酸甜甜气味。但绝不可能是来自树上新冒出的嫩芽，因此我断定那股味道来自潮湿的地面——来自形成于去年，如今正在滋养新芽的肥沃土壤。我看到有一只喜鹊在矮树丛间嬉闹，还望见一只野猫试图把它吓跑。喜鹊让我联想起昔日我必须在苏伦德埋葬的那只鸟儿，于是我再度强烈感受到生命的短暂。结果我的症状又发作起来。起先我的眼眶噙着泪水，而后突然头痛难耐。随即我开始放声痛哭，之前应该还发出了惊恐的呻吟声。

你晓得出了什么事，因为我可以听见你匆匆进入屋内。你从《比利牛斯山的城堡》那幅海报前面快步走过，你还没有触碰到我，我就已经转过身子对着你看。“总有一天我们都会死掉！”我啜泣着那么说道，或许还是大声把它喊出来的。接着我又潸然泪下，我等着你来安慰我。你想必是在绞尽脑汁以后终于领悟到，这次如果光是小气地提议去松恩湖那边绕上一两圈，恐怕无法收到效果。而我还记得你用双臂拥抱我一会儿之后所讲出来的话——从前你总是喜欢一面用左手拨弄我的头发，一面将右手扶在我的腰际。拥抱女人的方法有许多种，而你有你自己的方式。

你所讲出来的话是：“擦干你的眼泪吧。我们去约斯特达尔冰河踩滑雪板健行。”

半个小时以后我们就坐上汽车出发了，车顶上架着我们的滑雪板，行李箱内放着我俩的登山背包。我俩上一次进行的疯狂行动，就是前一年夏天在哈当厄尔高原完成的“穴居人计划”。如今太阳重新高挂于天际，疯狂行动的季节再度开始了。我多么喜爱那一切。我多么喜爱我们的疯狂行动！

我的情绪随之改变。当我们离开奥斯陆不久时，我的心情已经十分愉快。你也一样，斯坦，我们都兴高采烈！全世界没有哪两个人能够像我俩这般心心相印。我们从十九岁的时候开始住在一块儿，那整整五年让我俩感觉仿佛厮守了一辈子。我们甚至还觉得，自己已经开始变老了。如今回想此事不免令人感伤，毕竟当时我们都还很年轻，仍然有一整个人生摆在面前。那已经是三十一年前的往事了。

当时我们开的是那辆红色福斯汽车。当我们转向北方朝着孙德沃伦前进的时候，开玩笑地说道：我们不仅仅是老公和老婆，还像是一对翱翔于云杉树梢的燕子，正在俯瞰下方的红色金龟车。你还记得吗？接着我们仿佛果真看见自己的车顶架着滑雪板，于六月开始之前蜿蜒穿越大地风光。世上最融洽的气氛，便于此时此刻出现在我俩的红色福斯汽车里面。当初为了买下那辆汽车，我们一起打了两个暑假的工。

沿着克勒德伦湖以及更北方的哈灵达尔河谷行驶时，我们已经懒得开口，因为所有的话题都已经谈遍了！等到通过哈灵达尔河谷的布鲁玛以后，我们彼此默不作声。反正我们看着一模一样的景色，没必要对眼前的一切做出评论。我俩甚至还一度坐着沉默了整整四五分钟之久，完全没有开口讲话。然后你或者是我扑哧笑了一声，接着另一方也跟着笑了出来，于是我们又继续叽叽喳喳说个不停。

车子开了又开，海姆瑟达尔和西挪威终于就在眼前了。途经海姆瑟达尔的最高处时，我们看到在马路右边的空地上，停放着一辆挂有外国车牌的拖挂大卡车。而那辆大卡车将在随后一个星期内，成为我俩屡屡谈起的话题。继续向前行驶了几千米之后，我们注意到有一位妇人正沿着公路踽踽走入山中，而且她前进的方向与我们相同。你先是说道:“你看！”然后又问我，“你看见了吗？”

当时夜已经深了，不免令人感觉奇怪，怎么会有女性在那个时刻独自在野外行走。我们之所以未曾停下来邀她搭一程便车，是因为她并没有直接走在公路旁边，而是沿着车道右侧几米外的一条小径行走，心无旁骛地穿越荒郊野地进入山中。她身穿灰色的服装，肩上围着一块莓红色的披巾。那位妇人宛如置身画境之中，而她围着莓红色披巾出现在夏日蓝色夜空下的身影，至今仍仿佛电影短片一般地浮现于我的眼前。不知什么缘故，她正以快速有力的步伐走进山区——不对，她是打算穿越那整座山脉，斯坦。她也正在前往西挪威的途中。当你放慢车速从她身旁驶过的时候，我俩都向外张望了一眼。在接下来的几天，我们对那名女子的外观抱持相同的看法。我们对她的描述是，她是一个较年长的妇女，一个肩上围着莓红色披巾的中年妇人。或许我们还表示过，她已经年逾半百……

你醒了吗，斯坦？你也是一大早起来的吗？今天这几个钟头内，当我坐在漆成黄颜色的房间里面给你写邮件的时候，你必须一直待在我的附近。整整一个世代之前，我们曾经彼此做出承诺，永远不可重新提起当初在那边山上所发生过的事情。但现在我们已经相互解除了昔日的约定。

我在。尽管现在还只是破晓时分，我已经端着一杯双份的浓咖啡坐在厨房里面了。我收到你的电子邮件之后就立刻打开来阅读。我一整天都会这么做，并且一直在线。我马上就带着电脑去办公室。现在天才刚刚放亮，我是第一次这么早离开家门。贝丽特还在睡，我留了一张字条给她，表示我一大早醒来以后便再也无法入眠。我还强调自己有许多事情待办。

现在我坐立不安，请继续讲下去吧。你的记性比我好多了。

当我们置身海姆瑟达尔丘陵最高处时，你为了当夜恐怕无法找到床位而老大不高兴。等到我们从那个围着披巾的女子身旁驶过之后，你突然又冒出一个念头：你想“要”我。

开始你只不过是半开玩笑，随便说说。可后来你越来越厚脸皮，让我忍不住又笑了出来。随即我们开车拐进一条岔路，沿着溪畔的林间道路向下行驶了好几米。当时天气干燥，我原以为你一定是打算引诱我进入林木之间的石楠花丛。但你异想天开一定要在那辆红色金龟车里面做。你说你怎样也无法摆脱那个强烈的念头。你说道："我只是一个普通人而已。"我斜眼瞪着你，你则把目光移开并且承认，"我不过是个男人罢了。"

半个小时以后，我们开车重新回到大马路上，你猛踩油门。我们就像是空中飞驰的子弹——进入山中，继续向山中前进。后来发现我们正行驶于52号干道，说来有趣的是，我俩都在一九五二年出生。你忍不住表示："跟我们同一个年份的公路。"但那句话也有可能是我自己讲出来的。

坐在驾驶座上的人一直都是你，因为当时我还没有驾驶执照。当时可能已是午夜时分，然而每年到了这个季节，天色都不会真正变黑。那整个白天都非常暖和，此刻却已经凉了下来，而且变得雾气蒙蒙——毕竟是在深山里面。四下是一片蓝茫茫的幽暗昏沉。唯一的例外只有远处地平线上方浮现的一道灿烂光芒。我相信我自己当时即已对此做过评论，至少可以确定的是，在随后几天内我们又对此进行了讨论。

车子开到位于两郡交界的埃德勒瓦特内湖时[1]，我们突然在薄暮之中瞥见一团飘动的红色物体。接着车子好像撞上什么东西，我们身上的安全带随即绷紧了一下。你随即降低车速——或者是车子被迫减速下来，但很快你又重新加大油门，我们逃走了。那之后足足有五分钟，我们都没开口。那无疑是最大的谜团，因为谁也不晓得其间你究竟在想些什么，斯坦，而我自己又是怎么想的？或许我们根本没有想到任何事情。我们早就吓破了胆。

在离开那个狭长的湖泊之后，一辆白色的厢型车迎面驶来，它正穿越山区朝向东挪威前进。这时你慌慌张张地说道："我们恐怕撞到人了！"

我也在那一瞬间冒出同样的想法。你骤然把头扭到我这边，而我立刻用力点了点头。

"我晓得，"我说道，"我们撞上了那个围着粉红色披巾的妇人。"

我们已经把布雷斯特伦山间旅舍抛在背后，眼看即将抵

① "两郡"指的是西挪威的松恩－菲尤达纳（Sogn og Fjordane，或误译为"松恩－菲尤拉讷"），以及东挪威的布斯克吕（Buskerud）。两郡相毗邻的行政区分别为"莱达尔"（L.rdal）和"海姆瑟达尔"（Hemsedal）。"埃德勒瓦特内"本身位于莱达尔（西挪威），但一离开湖的南端就是海姆瑟达尔（东挪威）。

达第一个急转下坡弯道。而你就在那个弯道前面嘎的一声把车子停下，然后掉头开了回去。你什么话也没说，但是我能够从你的双肩，以及从你紧绷的脸部表情来推断你的想法：“也许她需要协助。也许她身受重伤。我们可能已经害死了一个人……”

几分钟后，我们回到事发现场。你停了下来，我俩都不约而同跳出汽车。此时天气阴凉，微风习习。可是我们看不见任何人影。你发觉右侧的车头大灯已被撞破，还顺手从路面上和沟渠中捡起一些玻璃碎片。当我们环顾周围的时候，你突然伸手指着一个通往湖畔的斜坡——距离汽车和马路只有几米的地方，有一块莓红色的披巾飘飘然悬挂在石楠树丛之间。披巾看起来相当整洁，就像是刚刚从一位女性的肩头飞落下来一般，此外它还仿佛具有生命似的轻轻迎风招展，让我俩都不敢过去触碰它。我们四下张望，却无论如何都看不见人体的轮廓。除了莓红色的披巾之外，我们一无所获。你又找到了几块车头大灯的碎片，随即我俩就驾车离开了现场。非常快！

我们又一次吓破了胆。你脚踩油门踏板、手持方向盘的时候，始终浑身颤抖不已。

随后几个小时和连续几天的时间内，我们彻底分析了事情的始末。其实我俩还坐在红色金龟车里面的时候就已经明白，我们碾过了那个像谜一样的女子。

我们在溪畔车内享受欢愉之前不久，曾经在荒郊野地看见过她。我们停下车子随即加速逃逸时，则给了她致命的一击。

如今与她有关的唯一线索，就只剩下了莓红色的披巾。我们都认为，一定有人将她从路边抬起，然后用那辆白色厢型车把她载走了。我们断定这就是她之所以会消失无踪的唯一合理解释。那时还没有移动电话，于是我们在脑海中充满了这样的景象：白色厢型车的司机或许就在海姆瑟达尔的第一座农庄那边停车求援，而且他还打电话报警和叫了救护车。要不然他就选择一路把油门踩到底，以便把受害者送往古尔镇上的医院。但我俩心中同样挥之不去的念头是，搞不好已经再也没有拼命踩油门的必要了。白色厢型车的司机也许只是神情肃穆地驾车前往海姆瑟达尔派出所，将他在52号公路发现的一具女尸交给警方。说不定他还谈到了一辆曾经对着他迎面驶来的红色福斯汽车。

公路开始向下通往西方，我们第二次经过布雷斯特伦，又来到当初我俩掉头离开的那个急转弯坡道。毫无预兆地，你就在悬崖前面突然停了下来，硬是要把我赶出车外。“出去！”你只是大声吼叫着，“出去！”

你怒不可遏，然而我不敢违逆你的意思，只得解开安全带，乖乖走下汽车。“斯坦，斯坦，”我哭喊道，“你到底打算干什么？难道你要把我一个人留在这里吗？”我在震惊之余忍不住想道：难道他准备把我杀了吗？莫非他想除掉唯一的目击证人？说不定他从前就已经杀过人了……在我胡思乱想时你却让引擎发出嘶吼声，开车朝着悬崖冲了过去。你该不会是打算飞出马路，用这种方式来自我了断吧？于是我再度哭喊着：“斯坦！斯坦！”幸好你只是撞上了悬崖边缘上的一块大石头。接着你赶紧跳下车子，确定左侧的大灯也已经撞得粉碎。此外保险杠也被撞弯了，几乎对折过来。

“你为什么要那么做呢？”

而你连瞧都不瞧我一眼。

你只是冷冷地表示：“我们的车子刚刚在这个路段出了一点小状况。”

你拿出我俩从山上带过来的玻璃碎片，把它们放到那块大石头前面，摆在新撞出来的碎片旁边。你耐心，细致，仿佛在拼拼图一般，将最后的几小块也凑了上去。

当时已是午夜，而且颇为寒冷。本来我还担心引擎再也无法发动了，但幸好那辆金龟车仍可行驶，即便有一点嘎吱作响。现在我俩可以宣称：我们太过疲倦，而且一时精神不集中，以致在急转弯坡道撞上了一块大石头——它一定是被刻意摆在那个角落作为路障，借以预防有车子摔落悬崖。

我们向下行驶到玻尔衮的时候，不觉又是一阵心惊胆战，因为那座古老木板教堂宛如令人毛骨悚然的舞台布景一般，蓦然浮现于朦胧晨光中。更何况教堂四周环绕着老旧的墓碑，其中一块墓碑前面还燃烧着蜡烛，在灰茫茫的夏夜散发出粉红色光芒。

当我们沿着莱达尔河前进时，天空已逐渐放明。那个早晨的天色越是明亮，我俩越是提心吊胆。我们抵达莱达尔的时候几乎已经是白昼了，立即去寻觅住宿的地点未免为时已晚或者为时过早，况且我们无意开着那辆撞得惨不忍睹的汽车招摇过市。于是我们又向前行驶了最后十千米路程，来到位于雷夫斯内斯的渡轮停靠码头。第一班渡轮还要过好几个小时才会抵达，而码头旁边就只有我们那一辆车子。我们将椅背放平，设法小睡一下。实际上，我俩已经听天由命了，并且认定警方一定会赶在我们渡过峡湾之前进行拦截。除非渡轮开过来把我们载走，否则我们必将无路可逃。即便那位妇人已经死亡，或者无法做出指证，可是白色厢型车的司机早已看见一辆在顶部架着滑雪板的红色福斯汽车，而且没几分钟以后他就在路旁发现一名受了伤或者已罹难的女子。反正显而易见的是，警察随时都可能在这里现身。

可是她为什么会半夜在那里的深山徒步前进呢？当地没有房舍，甚至连捕鱼或狩猎的人用的小屋都找不到。她的穿着并不特别讲究，根本就不像是登山健行的服装。

那个女人是谁？她是独自待在山上吗？或许她另有同伴？说不定她涉及了某种活动。我想起了在海姆瑟达尔的最高点特别注意过的那辆拖挂大卡车。莫非这其中另有蹊跷？

我们神经过度紧张，所以根本就睡不着。但我们都害怕见到光，只得继续闭上眼睛躺着，像获准一同过夜的小孩子那般地喃喃细语。我絮絮地说着，我们仅仅在一颗围绕太阳运转的渺小行星上面移动了两度的距离；你还连忙补上一句，强调太阳只不过是银河系里面的上千亿颗恒星之一罢了。我们便那么继续谈论下去。相形之下，刚才发生的那个事件只像是大海中的涟漪而已。我们必须拓展自己的视野。我们绝对不可画地自限。这一回我不再泪眼汪汪，不再哭喊着“有朝一日我们将再也不存在了”。如今哭喊已无济于事——现在不是哀伤的时候，更何况内疚早已取代了哀伤，我们很可能已经肇事致人死命。那是一个非常骇人的想法。我心中却不断地想着：“夺走了一条人命！”而我甚至还无法让自己接受这样的事实：总有一天我将会从地球表面消失，从这个浩瀚的宇宙、从一切的事物中消失。并且从你的身边，斯坦，也从你的身边消失。

我记得，等到我们在渡轮码头撑过了那个破碎的早晨之后，接下来几天内我们很少提及“被我们碾过的那个女人”，也不曾以任何方式直接议论所发生过的事情。每当不得不谈到那个话题时，我们都只会说出“那个”或者“那件事”。不过你确实曾在那边山中的高原飙过车，刚行驶到一个缓降坡道时，你就把油门踩到底，将那辆小金龟车的性能发挥到极致。接着我们很可能在海姆瑟达尔丘陵撞死了一位妇人。紧接着发生的事便是我们不可以提及的了。从我们返回奥斯陆家中开始，那件事的那个部分便遭到了压抑与排斥。这么一来，我们又怎么会有办法生活在一起呢？“生活在一起”也正意味着相互交谈，意味着一起思考、大声嬉戏与笑闹，此外还意味着同床共枕和彼此亲近。

可就另一方面而言，刚开始时我们却相当坦诚地谈论了那位“红莓女”，而且正是因为她的缘故，我才有办法在时隔多年后的今天，几乎了无挂碍地重复一遍：我们在海姆瑟达尔丘陵撞死了一个人。等一下我还会重新讲起那位神秘的“红莓女”，别着急。但这次我打算严格按照时间顺序来叙述所有的事情。

你呢？现在你是否已经进了办公室？

我进了办公室，还在几分钟以前登录电子邮箱，收到今天的第一封电子邮件。寄件人就是你。现在我已经阅读完毕，并且把它删除了。

你记得的相关细节比我多了许多。其中唯一让我感觉似乎有言过其实之嫌的描述，就是你所强调的：我俩事发之初即已心知肚明，被我们撞上的那位妇人不但受了伤，甚至已经当场死亡。其实她有可能是被撞得不轻而断了一条手臂，于是搭乘便车，坐上那辆白色的厢型车返回海姆瑟达尔。那整个事件的确非常戏剧化，你的描述，让坐在办公室的我，又把它重新经历了一遍。

此外我同意你的做法,也认为应该稍后才让“红莓女”“登场”。到时我肯定会提出一些分歧的观点。你应该早有准备。

“分歧的观点”？真是的！我简直闻得出来，你正待在一个学术机构里面。对了，那边看起来是什么模样呢？我是说，你的办公室？

我正坐在一间典型的大学陋室之中。它是数学大楼——也称尼尔斯·亨利克·阿贝尔大楼——里面的一间长方形研究室，室内的书架、桌子和地板上面堆满了各种科学报告、汇编和期刊。不过今天我几乎未曾注意到，我这里的环境是多么平淡无奇，因为当我阅读你写出的内容时，那感觉就仿佛是跟你坐在同一个房间内，甚至像是坐在同一辆汽车上，听你那么娓娓道来。现在就请继续讲下去吧。你刚刚谈到，我们把车子停在松恩峡湾南岸的那个渡轮码头。

早上四点钟左右的时候天色已亮，随即太阳就升起来了，而我俩继续紧闭着双眼低声细语。我们彼此暗示，在几千年前和一年以前的哈当厄尔高原上面，石器时代的生活是多么安全。然而如今看来，就连“最末一次石器时代”与我俩当天夜里所遭遇事件之间的距离，也已经遥远得令人难以想象。我们梦想着自己又回到昔日那些漫漫长夜，正躺在山洞外面仰望星空。我们意识到，自己的目光正穿越极为巨大的距离，凝视太空中的奇迹。然而一下子与那许许多多位于无数个光年之外、宛如针孔一般的亮点进行这种近距离接触，简直会令人感伤。但不管怎么样，那些远道而来的星光都是我们视觉上的邻居，它们在太空中冲刺了千千万万年以后，终于抵达我们的感官，得以触及我们的视网膜——接着进入另一度空间继续旅行，穿透感觉器官的面纱而直达灵魂深处，展开一个新的冒险故事。

有一天晚上天空出现了薄薄一片镰刀状的新月，但它夜复一夜膨胀得越来越大，最后以银色的光泽浸润着哈当厄尔高原与苍穹。月光给我们带来了慰藉，那不单是因为这样我们在晚上也可以注视对方双眸的缘故，更因为它让我们的肉眼和心灵可以暂时休息一下，无须像之前几个晚上那般地凝望深不可测的太空。

当我俩坐在红色金龟车上面喃喃诉说石器时代、宇宙以及我们的遥远过去时，我们一直闭着眼睛。那时还算是夜间，我们打定主意，要尽可能继续在该地过夜，直到最后由警察或渡轮员工过来把我们叫醒为止。可是等到我们听见渡轮从峡湾远方传来的嘟嘟声时，便知道这个夜晚马上就要结束了。我想起了我们宰杀羔羊那天晚上所出现的大型流星雨。当时的景象极为壮观，让我俩看得瞠目结舌。短短两分钟，我们就数出了天上的三十三颗流星，可惜来不及静心许下九十九个应该实现的愿望。随后我们大快朵颐。我们吃过了烤羊肉，并且还保留一些供随后几天继续享用。那么愿望呢？我们不是已经拥有彼此了吗？

我们开始横渡峡湾。渡轮员工大不以为意地察看车头之后，以同情的目光打量我们，因为碰撞损害可以跟皮肉伤相提并论，能够立即看出是否为新的伤口。我们心中想着："目击证人。"挪威广播公司当时就已经开始播出每小时一次的夜间新闻快报。那是我们所知道的事情。然而我们不知道的是，船员们刚才在驾驶室内听到了什么。

但最终我们在凯于庞厄尔被放行上岸，随后继续开车往西边朝着海拉的方向前进。我们计划从海拉乘船北上驶往菲耶兰，来到我们冰河之旅的起点。当时还没有互联网，我们随身携带了一本《挪威交通时刻表指南》，并且从中获悉：必须赶搭第一班航向菲耶兰的渡轮，否则我们就必须在海拉枯等半天。但一切即告结束：我俩在赫曼斯维克与莱康厄尔之间被警察拦了下来。他们终于追上了我们。

有两辆警车停在那里，其中一辆还闪动着蓝光。我心想，如果现在还以为我俩能够全身而退的话，那只能是痴人说梦——整个车头已经再清楚也不过地表明，我们曾被卷入过什么样的状况。此际天色大白，那时还没有移动电话，但想必也已经有人在好几个钟头以前向警方报了案。虽然你早就在悬崖旁精心炮制出不在场证明，当时却又是你既大声又直截了当地说道：如果警察挥手示意要我们停到路边的话，我们就认输。我们不会否认任何事情。

我不断地点头。你继续讲下去："听着，当初我们陷入慌乱。不过就是这样而已。"我又点了点头。我已经心力交瘁，而且一切都毁了。我所珍爱和相信的事物都已经遭到践踏。自从在山上发生那件事以后，除了你的意志之外我已经别无意志。

幸好那只是一个例行性的临检，我们甚至连下车都不必。我对此求之不得，因为我实在不晓得，自己是否还会有办法好端端地站着。虽然是星期一的大清早，却没有进行呼气酒精浓度检验。最终，我们只是收到一张警告单，通知我们必须在十天之内将车头大灯修理好。那些警察甚至还告诉我们，反正等到期限截止的时候我们早已返回奥斯陆了。尽管他们非常亲切体贴，而且明亮的夏夜已开始登场，警告单上面却还是注明：在大灯修复之前，我们不得夜间行车。

晚上不准开车，斯坦！我们受到的告诫就只有这么多。

我们顺利赶在渡轮抵达之前来到了海拉。海拉跟雷夫斯内斯一样，是很典型的不毛之地——当地就只有一个码头供渡轮停靠，连售货亭都找不到。令人痛苦的是，那时我恰好对巧克力有着一种无法遏制的渴望。结果在等待渡轮从松恩峡湾对岸的旺斯内斯开过来的半个小时内，我俩没有什么东西好谈，话题只是围绕着我们的滑雪板打转。我们已经决定把那辆福斯汽车留在海拉。因为即将到达的那个峡湾村落几乎没有公路，把车子一起带过去毫无意义，更何况我们不想继续开着它到处招摇。可是我们的滑雪板怎么办呢?

我相信所有的事情你都记得跟我一样清楚。即便如此，还是有必要以连贯的方式将这个故事一次说分明。

当时我们就事论事地对谈，一切都经过仔细算计。我们应该掉头回去吗? 最后我俩在那边的花岗岩岬角达成共识，应当前往约斯特达尔冰河。毕竟那是我们原定的目的地，而当初我俩已经对此做出了承诺。不管还会再发生什么事情，我们都必须找到一个歇脚的地点，找个被窝让自己一头钻进去。但我们无从得知自己是否将在一天、两天或三天之后遭到拘捕。我们只能确定那是时间早晚的事情，最多在几天之内就会发生。我们已经看见了，渡轮人员是以何种目光来检视我们车上的新鲜碰撞痕迹，更何况我们还遭到警察拦车临检，并被登记在案。于是我俩一致认为，接下来只不过是协调和调查上的工作，那仅仅是时间问题罢了。

但我们在停留于海拉的半个小时内已可确定，将不会有冰河滑雪板之旅了。我们没那么冷血，不可能在发生这种事情之后，还会有闲情逸致去冰河上面漫游。我们要经常看报纸和听收音机。我们要随时保持警觉，我们必须这么做。之前听说，在目的地有一家传奇色彩十足的旅馆可供下榻。那么，就把我们的滑雪板留在海拉好了。噢，绝对不行！那辆上面架着两副滑雪板的红色福斯汽车一定早已遭到举报。在五月底这么做未免太冒险了！更何况我们抵达菲耶兰之后又该如何介绍自己呢？最说得过去的做法还是冒充冰河健行者。

总而言之，我们心中已大致有数，无论警方的调查行动得出怎么样的结果，我俩的情侣关系早已深受冲击。尽管之前我时而会症状发作，而你则喜欢多喝一两杯，但我俩的共同生活却几乎没有出现过摩擦；然而自从那位围着莓红色披巾的女子在埃德勒瓦特内湖被车子撞了以后，我俩之间的关系首度陷入危机。但我们彼此无法割舍。也许在明天，也许在随后几天内能够如此，但现在还不是时候。

在一切结束之前，我们会共同度过最后几个钟头或最后几天。

这么一来，我们简直是以轻松愉快的心情，乘船沿着那条狭窄的峡湾分支向上航行。我们朝着正北方驶往巨大的冰河。周遭的景色给人如此强烈的印象，使得我俩出现了某种反应：那就宛如得到了解放，或者像是水坝突然溃堤一般。我们开始嬉戏和欢笑。你还记得吗？我们彻底扮演好了自由自在者的角色。我们都变成了第一流的演员。当然，一夜没睡，或许也对演技有所帮助。但更重要的是，我们仍可不受约束地待在一起——至少在随后的十二、二十四，甚或四十八个小时内会是如此。我们成了《我俩没有明天》剧中的邦妮与克莱德。我们一向习惯于特立独行，喜欢自称为“化外之民”。如今更已沦为亡命之徒。我们融入了角色——时隔三十多年，我们已可承认这一点——我们开始扮演玩世不恭者的角色。

抵达旅馆之后，我们只对工作人员表示准备待上几天，但还不确定要停留多久。但既然他们已经看见了滑雪板，所以我们也表示准备去爬冰河，并且谎称自己上过冰河课程和参加过冰河健行活动。你甚至还提到了“黑冰冰河[①]”……

只希望能够共度几天光阴而已，只有你和我。那或许是我俩最后一次的疯狂举动了。我们当时不是冒充为新婚夫妇吗？所谓的“反同居法”刚刚在四年前遭到废除，甚至在我们共同生活的第一年内，我们的未婚同居关系仍有可能被人举报，因伤风败俗而遭到起诉。

我们要求旅馆给我们最好的房间，因为有特别的事情

① 黑冰冰河（Svartisen）位于挪威中北部，是仅次于约斯特达尔冰河（Jostedalsbreen）的挪威第二大冰河。

需要庆祝——我记得我俩编出的理由是通过了考试。但其实并不算偏离事实，因为我们刚刚各自通过了宗教史和物理学的中段考。

最好的房间完全不成问题，因为当时还没有进入旺季。我们得到了塔楼的客房。可是斯坦，我实在不愿意提起，它也就是今年夏天尼尔斯和我抵达旅馆之后，在那个晚上所入住的房间。再度回到那里难免会让我感觉怪异，而且是跟他一起。时隔三十多年，我与现在的丈夫恰好住进了同一个房间，我不认为那是出于巧合。他曾经为了你几乎占用我们在图书村的全部时间而闷闷不乐，因为当时我们正迫不及待地翻遍各家旧书店，搜寻自己在年轻时代未能阅读的书籍。但我也已经告诉过你，他在回家的半路上又重新活跃起来。

那天早晨我俩站在柜台办理旅馆住宿手续时，提出了一个或许有些厚脸皮的额外要求。但我们别无选择。我们想知道房间里面是否有收音机，等到他们做出否定答复之后，我们便提出借用一台晶体管收音机。那个举动或许非常冒险，但我们的信息少得令人绝望。我们信口说道你是学法律的，热衷于追踪特定的最新时事动向。我还告诉他们，那跟西德以及巴德尔－迈因霍夫帮有所关联。

乌尔丽克·迈因霍夫被发现横死在施塔姆海姆监狱里面，

那只不过是几天以前的事情[1]。我不知道自己为什么会说出那种话来，但可能是因为我突然感觉到，我俩的处境有一点类似安德瑞亚斯·巴德尔和乌尔丽克·迈因霍夫。你恶狠狠地瞪了我一眼。

最终，我们得到了房间和收音机。我们拥有自己的半圆形阳台，可以从绝佳角度来观看冰河、峡湾，以及位于旧渡轮码头旁边的两家商店。那天早晨我俩在旅馆房间上床以后，却只是躺着听收音机。我们甚至没有注意到当时的时间，因为我们相信，那个小晶体管收音机只会播报跟我们有关的事情。在向睡意屈服前，我们总算找到了例行性的新闻快报节目，收听到了来自国内外的消息。例如挪威国会已通过一项法案，将男性兵役入伍年龄从二十岁降低至十九岁；此外德国哲学家马丁·海德格尔已经去世。但那边就是没有任何关于山上的新闻。

缺乏信息的情况开始让我们备受煎熬。昔日在家中双人床上进行“香槟研讨会”时所读过的故事当中，陀思妥耶夫

---

① 巴德尔－迈因霍夫帮（Baader–Meinhof Gang）是西德的左派恐怖组织（1968—1992），得名自其早年的男女领导人安德瑞亚斯·巴德尔（Andreas Baader, 1943—1977）与乌尔丽克·迈因霍夫（Ulrike Meinhof, 1934—1976）。乌尔丽克·迈因霍夫在1976年5月9日自缢于斯图加特的施塔姆海姆（Stammheim）监狱。

斯基笔下的拉斯科尔尼科夫令我俩记忆犹新。我们和他一样也开始出现某种渴望，想要被揭穿身份，至少是遭到谴责或质疑。但我们最终很快就睡着了，甚至没有把收音机关掉。快到傍晚的时候我们才醒过来。

我被你的哭叫声惊醒。现在换成是你在流泪，由我来安慰你。我把手臂伸到你的胸口，亲吻你的脖子，设法抚平你的情绪。

过了没多久，我们又坐在床上听收音机。我们逐字聆听每半小时播出一次的新闻快报，然而还是没有任何动静。那时是下午七点钟，山上发生的意外已经是大半天以前的事情了。那个意外事件看起来简直像是一宗血腥的汽车谋杀案，冷酷无情的凶手将身受重伤或已经死亡的被害人遗留在犯案现场，逃逸时既没有叫救护车，也未曾通知警方。照道理应该会出现“今日已部署大批警力……”之类的报道才对。可是没有，没有这样的消息。虽然我们正置身于松恩峡湾北侧一个峡湾分支的顶端，待在舒适的旅馆房间内，却十分清楚我们驾车离开了那个围着莓红色披巾的妇人，还把她遗弃在现场——我们正完全沉迷于自己的欢乐之中，不慎把她撞倒以后，还是继续开车前进。后来我们找到了她的披巾。可见一定是那辆白色厢型车的驾驶员在我们离开后收拾了残局。

不过难道他同样也不曾通知警方吗？

那到底是怎么一回事？为什么广播电台不做出任何相关报道？整件事情为何会遭到隐瞒？其中一定存在着某种理由。那又该如何解释呢？有关当局为何刻意不公布消息？那个身穿灰衣、围着莓红色披巾的神秘女子，在半夜跑到山上到底打算做什么？她为什么会在该地逗留？莫非那涉及了军方或特勤单位的活动？难道我们无意间卷入了一个攸关国家安全的重大案件？

我的想象力比较丰富，忍不住开口："被我们撞倒的那个女人果真是一个普通人？广播电台没有做出任何有关失踪人口的报道。警方也不曾征寻目击证人。也许她是一个外星人，一位来自外层空间的访客？"当天夜里在山区上空曾出现过一道奇特的光束，是的，我俩曾经看见空中冒出灿烂的光芒。

那整件事情实在令人费解。受害者到底是谁？如果她不是"外星人"或某种鬼怪的话，那么一定有某人正在某地设法查明肇事者的身份。我俩试图勾勒出一个轮廓：他们想必正在寻找一名男性，这毫无疑问，因为女性面对那种事情的时候通常不会逃跑。说不定治安警察或刑事警察基于某种理由，希望在找到犯案者之后才对外说明整个事件的原委。

我们的汽车仍停放在海拉。我们是否应该自行通报呢？我们可以打匿名电话提供线索，说在渡轮码头摆着一辆撞坏的车子——那我们令人难以忍受的境遇就终于可以告一段落了。

但是从这个由一连串问题和初步答案所构成的混乱状态之中，衍生出一个经过冷静算计的新愿景。我率先把它清楚地表达出来。我说道："亲爱的斯坦，我们已经一起生活了五年。突然间我们变得非常倒霉，还共同做出了一件真正的蠢事，因为在撞车之后就这么离开现场实在是很不明智的做法。但不管那个被我们撞上的可怜妇人到底出过什么事，现在我们都不再可能帮助她了。那么我们是否应该设法以最美好的方式来度过这最后的日子呢？"

"天狼星，"我继续恳求道，"仙女座，斯坦！"而你立刻领悟了其中的关联性——我的意思是，你想起了我俩之前在雷夫斯内斯渡轮码头所谈论的对象。

我是在为我俩做出恳求，而且想把你争取过来，这一点也不困难。结果我们共同度过的最后的美妙日子就那么开始了。我们淋浴完毕，来到楼下，坐在宛如博物馆一般的壁炉室畅饮开胃酒。旅馆里面没有金力，但是他们有斯米尔诺夫伏特加酒和莱姆汁。

吃过晚餐以后，我们又端着咖啡坐回壁炉前面。从当晚开始的一个星期内，我们都把广播电台的节目播出时刻表牢记在心里，必须在十点钟之前赶回房间收听新闻。可是依然动静全无。

我无须详细叙述我俩在当地共同度过的那个星期，因为你还记得事情的经过，而且我们上一次见面的时候就已经稍微对此进行过讨论。我们每天都长途漫游。在第一天，我们很吃力地爬上苏佩勒山谷，一直走到冰河舌前面。你还记得那天所发生的事情吗，斯坦？你还记得我们在苏佩勒冰河旁边的约迪斯纪念品店吃完巧克力，买来几副当地手套之后，在下方河畔的苔藓堆中发现了什么吗？或许我们应该继续把它当成我俩之间的小秘密。第二天我们借来两辆自行车，此后又探访了胡尔佩山谷和博雅山谷。我们在博雅山谷待了好几个小时，坐在小冰川期所留下的冰碛上面观看冰川崩裂。

每次出门时，我们都会随身携带那台小型的晶体管收音机。有一回当我俩经过接待柜台的时候，一位名叫莱拉的女士指着收音机挖苦地问道："巴德尔－迈因霍夫？"

我们装没听见。可是一切仍毫无动静。似乎没有人在意"邦妮与克莱德"疯狂驾车穿越乡间时所干下的勾当。维持这种状态的好处便是它持续不断给予我们另外的一天。我们没有更长的时间衡量尺度——我们以额外获得的每一个小时为乐。

我们反复进行了讨论和臆测。比方说，是否有人蓄意打算让那位女性被汽车撞死呢？那种想法固然可以稍微减轻我们的内疚感，却也让我们感觉自己遭人利用。搞不好她就在我们开车经过的一瞬间被推到马路上。因为当时尽管天色几乎已经亮了，我们却始终未曾注意到任何动静，直到冷不防有红色的东西出现在引擎盖前面为止。而等到我们重返现场之后，又没有查看是否有人躲在灌木丛里面。甚至或许她在被汽车撞上之前就已经死了。为什么不可能呢？的确，为什么不呢？我们仅仅目睹“一团红色的东西出现在引擎盖前面”，而且我们把那个讲法重复使用了许多遍。可是我们并没有看到那位女性本人，所以很可能只是瞥见她的披巾在山间稀薄空气中随风飞舞。有人早就把她杀死，如今只需要炮制出一场致命的车祸来遮掩犯罪行为。说不定她已经倒在路边，但如果她肩上没有莓红色披巾的话，就不会那么容易被人发现，即便与她相撞时的力道已足以让车头大灯裂成碎片……

“她是个外国人！”过了一阵子以后，我们又如此说服自己。这解释了为什么没有人报告她的失踪。而且我们还在海姆瑟达尔丘陵最高点的下方不远处，看见了一辆悬挂外国车牌的拖挂大卡车，事后我们又突然十分确定那是德国车牌。至于看见它的时间，斯坦，嗯……那是你转弯驶入林荫道之前不久的事情。

也许拖挂大卡车的司机把她接走了。或者那辆拖挂大卡车与白色厢型车之间有什么关系也说不定。反正那一切事情都发生在半夜，而某些类型的密会刚好都只在半夜进行。

我们开始漫无边际地谈论一辆从东挪威开过来的德国拖挂大卡车，以及一位五十多岁的女性——她或许是一名信差，正在穿越山区准备与来自西挪威的那辆厢型车会合。然而不管我俩的想象力再怎么丰富，我们还是一筹莫展……

你还在吗？

还在，我觉得你回复的时候非常好整以暇。今天我除了等候你的邮件之外，几乎没有做过其他的事情。我就像关在笼中的野兽一般，来回踱步等待你跟我联络。这间研究室非常狭小，我相信它的面积只有九平方米。好在我已逐渐冷静下来，可以开始进行一些比较实际的事情。我已经清理了堆积如山的纸张和论文，而这种惹人厌的工作通常每五年才会展开一次。但我又开始感觉到，有一股很特殊的焦躁不安情绪正在拉扯着我。现在就请继续讲故事吧，但你千万别因为我的急性子而感觉到压力，以致把事情的经过讲得太简略或太快。

我俩被缉捕到案前的那些“最后一天”看似漫无止境，结果我们度过了浪漫得不同凡响的一个星期，因为我们活在不晓得快乐时光还能够持续多久的氛围之中。可是在某种程度上，这种不确定状态也让人如坐针毡。纵使我们庆幸自己有了“一周的宽限期”（这是我俩在最后一天对那个星期的称呼），我们还是开始以期待的口吻来谈论，西挪威将会对邦妮与克莱德终于遭到逮捕一事做出何种反应。我们想象着报纸上面将会刊登出来的故事；我们还讨论了头条标题的写法。我们从来都不曾起心动念，以为自己还能够有办法逍遥法外，而且我们的不端行为将不会带来恶果。

虽然我实在不晓得，假如我俩当时就已经意识到，所发生的事故将成为一个无解的谜团而永远伴随我们的余生，那么我们会做何感想。但如果我们为了这个考虑而陷入惊恐的话，我一点也不会感觉讶异。因为最让人无法忍受的事情，莫过于始终什么都不晓得。将近一个星期的时间已经过去了，新闻报道却仍然只字未提，有一位妇人在山间隘口遭到汽车碾过，并且于事发当夜被残酷无情地遗弃在海姆瑟达尔丘陵上的车祸现场。

那个女人到底是谁，斯坦？

我们在那家宜人的旅馆向店主解释时，面临了一个小难题：为什么我们始终不去冰河上面健行，没有做出当初所宣称过的事情？你表示我不太舒服，当你谎称我偏头痛发作的时候，我很配合地跟着点了点头。反正自从驾车肇事逃逸，并且很可能在现场留下一个已死亡或受重伤的妇人之后，撒谎就变得很容易了。我俩的说辞是，我们还必须再等一会儿。我们假装我的生理期来了。但我其实并没有。也许你会觉得奇怪，我怎么现在又回想起那件事情。我们从未处于那种病恹恹的日子，而且我从来都没有过偏头痛。我俩凡事都是成双成对地一起进行，因此我觉得你把责任硬推到我身上的做法极不可取。

有一天，那位亲切的旅馆女主人开玩笑或半开玩笑地问我们，我俩是否离家出走或者正在逃避什么东西。你还记得我们讲了什么吗？我俩都插科打诨般地表示：我们逃离了任何跟责任扯得上关系的事物，我们正在逃避一切形式的汲汲营营。她满腹狐疑地盯着我们瞧，不断上下打量。那让我们感觉不怎么自在，于是你的话锋变得有些凌厉。你问道："难道这里不是一个度假胜地吗？"

那发生在我们走去吃早饭的半路上，而我俩在用餐之际都觉得，是该离开的时候了。其中的原因不仅仅在于我们被问到的那些问题。打算重新回到出事地点，才是真正吸引我们离开的最主要因素。人们常说，“罪犯”总是会重返自己的犯罪现场。而我们有一个更好的理由需要那么做。我们必须察看一下，自己是否忽略了任何蛛丝马迹。而且我们更特别需要知道，莓红色的披巾是否还在那里。

除此之外还存在着其他的因素。当天清晨我醒来得比你早，而等到你起床的时候，你发现我在一张旧躺椅上面伸长了身子，深深沉浸于我在撞球室发现的那本书，而且在前一天晚上我俩从书中挑出几段文字来朗读。我指的是《灵魂之书》，也就是被你讥为“招魂启示录”的那本书。你立刻勃然大怒，几乎暴跳如雷；虽然我并不怎么明白为什么，可是我怀疑你之所以打算在那天早上离开，正是为了要把我跟我的新读物拆散开来。那本书其实应该在我们出发之前归还原处，但我在你不知情的状况下把它塞进我的背包，一直等到我们返回奥斯陆才又拿了出来。

然而当我们在那最后一个早晨穿越旅馆大厅走向阳台，准备观赏峡湾和紫叶山毛榉的时候，旅馆主人的女儿——今日的旅馆经营者——询问我们是否能够在她上午出门前往银行的时候，腾出半个小时来照顾她的三个小女儿。说来奇怪的是，那个位于峡湾旁边的小村落当时竟然设有一家银行分行。[①]

我们立刻答应下来。那些小女孩都非常可爱，我们跟她们已经相当熟，而其中最小的一个还不超过两岁。在之前几个月，我甚至已经开始认真打算，打算停止服用避孕药。我俩十分感激她对我们展现出来的信赖，因为有谁会想让邦妮和克莱德来帮忙照顾小孩呢？

我已经再也想不起来到底是为了什么缘故，结果我俩几乎整个上午都在照顾那些小女孩。而我们自己的想法为：这是我们该做的事情，因为我们非常感激她把晶体管收音机和自行车借给我们使用。其实我们没必要对她这么说。毕竟我俩已经在那家旅馆里面花了不少钱。我们是很好的顾客，既不在葡萄酒那方面，也不在饭后的烈酒和咖啡上面节约开销。当时他们有卡尔瓦多斯，斯坦！所以你的记忆正确无误。卡尔瓦多斯在那些日子相当罕见，至少在大城市外面的小旅馆如此。不过自从开车前往诺曼底旅行之后，我俩就爱上了那种苹果白兰地。如今我已经记不得了，二十世纪七十年代中

---

① 菲耶兰（Fj.rland）的人口总数约为300人。

叶的时候，在国营酒类专卖店里面是否也找得到卡尔瓦多斯，但不管怎么样，那是我俩于正常情况下所绝对负担不起的。可是在那个荒郊野地，我们却置身于好几个冰川期所留下的深刻疤痕之间，每天晚上在用餐以后坐着畅饮卡尔瓦多斯。

于是我俩在那家旅馆多停留了一天。接近中午的时候，我们已经做好照顾小女孩的工作，那最后一个下午就完全属于我们了。我们几乎已经走遍这个峡湾小村落的每一个角落，我们已攀登过附近的几座山峰——隔天早晨我们的膝盖为此做了见证——但说来相当奇怪的是，我们还没有去探访旅馆正后方山谷上面的牧羊人小屋。如果我们的汽车还停放在海拉，没有被警方拖去进行调查的话，第二天早上我们就会开车回家，否则至少是开往我们所能抵达的最靠近东挪威的地点。我们已不再认为有什么事情是理所当然的了。但最终我们认为当天还剩下一趟远足有待进行，那就是前往山上的牧羊人小屋。天气好得没有话说，在我们停留的那几天几乎没有下过雨。

我们带着盒装午餐和一保温瓶的热茶出发，朝着明达尔山谷的上方走去——那里也就是不过几个星期以前，你和我再度前往漫步之处。我相信你仍然记得在那两个场合出现过的所有情况，但现在我还是照样写出我自己所记得的一切，让你不得不重新仔细想想当初到底发生了什么事情。

我们途经左边最后一座农庄的红色谷仓，以及右边的步枪靶场，而后继续沿着小路在景色宜人的明达尔河右岸行走了一段距离，终于来到名叫草场之家的夏季农庄。在满是羊屎和牛粪的碎石子路上，我们跳跃前进，因为那些牲畜没多久以前才被驱赶到夏季牧场。

我俩正在苦中作乐。一个星期的时间已经过去了，一切前途未卜。纵使我们到头来永远不必为海姆瑟达尔丘陵上面所发生的事情负责，那也已经留下了一辈子的伤痕。我们对此早就心知肚明，但所不晓得的是，我们怎么能够有办法带着自己对那段遭遇的记忆共同生活下去。然而我们依旧戏谑嬉笑，我们还是保持原来的模样，不过我们也无奈地体会到，那是我俩待在天堂，待在我们口中“色情的穷乡僻壤”之最后一日，虽然色情的其实并不是这个穷乡僻壤，而是过去一个星期内在此地狂欢作乐的我俩。

当我们向上漫游的时候，你一直想对我动手动脚。有一回你还打算要求更多，而且你很认真，不光是随便说说而已。你哄骗我说：整个山谷现在都归我俩所有，我们很容易就可以隐藏在赤杨树丛里面，更何况今天的天气相当暖和。但是我坚持我们必须先走去山上的牧羊人小屋。我轻描淡写地表示:“到了那边以后，我们再来看看你是否还有足够的男子气概。”我把那句话记忆得非常清楚,因为你听了以后十分恼火。然而接下来所发生的事情，让你在随后几天甚至几个星期内，完全丧失了男子气概。实际上，此后我俩都不曾在一起。从此我们就再也没有在一起了。

距离草场之家几百米的地方，在小径左侧的沟渠里面茂密生长着一丛丛指顶花——紫花洋地黄。它们是那么的修长和那么的粉红。据我所知,那些花朵吃了会死人;但我也晓得,洋地黄的叶片可以救人一命。那些铃铛形状的花朵具有莫名的吸引力，使得我挣脱你的手，跑步过去触摸它们。我对着你说道:“过来吧！”

我俩对着指顶花聚精会神还没有多久，注意力就被吸引到小径右侧一个缓坡上的浓密桦树林。黑白斑驳的树干之间有一小片空隙，一块鲜绿色的青苔地。就在此时，那里冷不防冒出一名身穿灰色服装，肩上围着莓红色披巾的女子，而且披巾的颜色跟指顶花一模一样。在接下来的许许多多个年头内，我经常反复思索此事。

她仔细端详我们，脸上挂着微笑。她就是我们在海姆瑟达尔丘陵上面碰过的那位中年妇人，斯坦！似乎有更高的意志，突然特地把她置入那景色之中。今天我认为我已经更清楚地知道她是何许人，以及来自何处。不过你先别急着发表意见！

后来我们对自己所看见的东西完全达成共识。我们都同意，她就是将近一个星期以前我俩途经海姆瑟达尔最高处的时候，所看见的行走于路旁几米外的那名女子。她身上围着的披巾就是飘落在山中湖畔的那一块布，而且她们本来就是同一个人。因此我俩对自己所目睹的事物，抱持了一致的看法。但奇怪的是，我们无法对她话中的内容达成共识。此事确实颇不寻常，而且当时我俩都大惑不解，但今天我也为它找到了一个合理的解释。

她究竟讲了些什么呢？我记得一清二楚，她转过身来向我说道："你是从前的我，而我是将来的你。"你却坚称，她说出了完全不一样的话。既然我俩能够一再对自己所看见的东西达成共识，那岂非颇不寻常的事情吗？因为你很坚持地表示，她一面盯着你瞧一面说道："小伙子，你实在该吃超速罚单。"

总之那两句话听起来并不类似，意思也大相径庭——"你是从前的我，而我是将来的你"，以及"小伙子，你实在该吃超速罚单"。你听到的字句是一回事，而我听到的又是另外一回事。可是她为什么要给我们一个双重的信息呢？

她是如何成功表演出这项绝技的？那是当时最大的谜团。不过，请少安毋躁……

今天我可以确定，那位“围着莓红色披肩的中年妇人”就是被我们撞死的那个女子。如今她特地从彼世过来向我们致意。她是为了安慰我们而来！她面露微笑，即便我还不至于称之为“温暖的笑容”——因为诸如“温暖”“冷淡”之类的字眼往往具有肉体方面的意涵——但无论如何，那绝非令人不快的微笑。其中反而带着淘气、开玩笑和恶作剧的味道。不，斯坦，她是在吸引我们。那种微笑所表达的意思是：“来，来，来。世上没有死亡，所以过来吧！”紧接着她就一下子化为乌有，消失不见了。

你在小径上两膝跪地，用双手掩着脸哭了出来。你不想正眼看着我，于是我只得弯下腰来安抚你。

我开口表示：“斯坦，现在她已经离开了。”

可是你继续啜泣不已。其实我自己也吓坏了，因为当时我还完全没有信仰。不过必须照顾身边这个大男孩一事，对我自己也产生了帮助。

你突然一跃而起，朝着山谷上方跑去。你是为了保命而跑，我则试图跟上你的脚步。我决不可让你从我的身边跑走。结果我俩很快又并肩而行，过了一会儿之后就开始谈论自己所经历过的遭遇。我们激动的程度不分轩轾。

我俩还没有开始采取特定的立场。我们只是相互询问、进行讨论、来回衡量正反意见。但我俩都认为，我们在桦树林看见的那名女子，跟我们在海姆瑟达尔丘陵所目睹的是同一个人，亦即随后被我们碾过的那位中年妇人，而且我认为她被我们撞死了。如今事情早已十分确定，根本就没有怀疑的余地，可是后来你却极力争辩，宣称她非但活了下来，而且显然还处于最佳状态。

当时你惊魂未定地问道："她怎么能够有办法跟上我们？"你害怕她还会一路尾随过来。你认为搞不好她也已经住进了那家旅馆，担心在我们吃晚饭的时候再度和她见面。你的恐惧变得越来越着眼于具体的物质世界。我则逐渐开始验证一种截然不同的观点。我不认为她在旅馆里面有了一个房间，或者将在我们吃晚饭的时候遇见她。我说道："斯坦，她已经死了。"你用打量的眼神望着我，而我接着补上一句，"说不定她并没有尾随我们。说不定她是从另外一个世界走向了我们，斯坦。"你又盯着我看了一眼。然而你的目光有气无力，无可奈何。

是无可奈何，没错。因为我晓得，从此我俩将各走各的路。当时我无法相信，而且直到今天我还是无法相信，死者会有办法过来拜访我们。你却相信那是可能的事情。而现在我懂得该如何尊重你的观点，可见这三十多年下来我无论如何还是有了若干转变。然而你讲得很对：当时我还不懂得尊重你的看法。

就请继续讲下去吧。我觉得你对我俩的故事了解得非常清楚。

几乎整个早上都在小办公室里面来回踱步之后，我变得越来越烦躁不安。现在已经是中午，我觉得必须出门去做一些事情，而且我已经做出了一个决定。

现在就请写出结尾部分。我已经可以猜想到它的大致内容，因为在你突然断绝一切关系，并且返回卑尔根老家之前，我们曾经广泛讨论过那方面的事情。我将在今天结束之前做出答复，我保证会这么做。

等到我俩向上来到牧羊人小屋之后，我们同意将尽可能在最长时间内不对那个事件做出任何诠释。第二天我们即将长途跋涉开车回家，必须再度穿越那个位于松恩－菲尤达讷和布斯克吕两个郡交界的山地。那么现在何不干脆一了百了，趁着记忆犹新的时候针对我俩实际的经历达成共识？

我们一致同意，起先是我蹲下来触摸那些粉红色的花朵。接着你走到我背后，刚开始还只是拨弄我的头发，随即也蹲下来碰了碰那些洋地黄。我已经不怎么记得，当时我们是否听见小径的另一边传来什么声音，但反正有东西吸引我们骤然转过身子。接着，桦树的枝干之间出现了一个女性的身影。她就站在青苔上，肩头围着莓红色的披巾，“活像是童话故事中的红莓女”。那是我的讲法。当时是我说出了“红莓女”一词，而它可以协助我们表达自己的想法——它变成了“言辞上的救生圈”，可供两个陷入困境的心灵加以攀附。我们在随后许多天内能够继续谈论那位“红莓女”，而且看来时隔三十多年之后，我们仍然有办法这么做。

在当时那个年代，我们无法轻易公开表示自己遇见了鬼怪或幽灵，或者宣称有亡魂向我们现身。我们必须记住，那是二十世纪七十年代中叶的事情。乌尔丽克·迈因霍夫才刚刚在几天前被发现暴毙于施塔姆海姆监狱，而那一年挪威出版了《珍妮被炒了鱿鱼》《永不放弃》《进入你的时代》《铁十字勋章》《战役》和《涂鸦》等小说。但当然还是有一些孤独的声音宣称，我们即将进入一个全新的纪元，我们正处于一个转折点，站在水瓶座时代的门槛上。

你用唯物主义来和我刚开始萌芽的唯灵论打对台，而那种观点使得你在狂热寻找说辞的时候，发展出一套引人发噱的理论。其实我们早已达成共识，认为“红莓女”跟我们在海姆瑟达尔丘陵见过的女子是同一个人。你却突然改口表示，不妨设法将那个事件看待成一部电影，或者当一本侦探小说来解读！我非常好奇你接下来会怎么讲。而你说道：“或许我们在桦树林里面遇到的那个妇人，跟另外一名女子是同卵的双胞胎姐妹……”

而且耶稣之所以能够在水上行走，或许是因为加利利海面覆盖着冰层的缘故！

下山返回旅馆途中再度经过那个地点的时候，我俩手牵着手一起走，而且脚步匆匆。但我们已经事先讲好，绝对不可以惊慌失措。我们心中恐惧的程度完全相同。这回你表现得非常勇敢，没有拔腿就跑，然而我却必须为此付出代价，因为你很用力地挤压我的指关节，害得我的手接连痛了好几天。我还记得我们吃晚餐时喝葡萄酒的情形。那天我们必须喝喝酒，而且在喝完一整瓶以后，甚至又多喝了半瓶酒。不过我也记得，当时我几乎无法举起酒杯，因为你早就把一切的力气都从我手中挤掉了。

我对当天晚上的情景也记忆犹新，斯坦。那回换成是我想办法来诱惑你。我做得非常露骨。因为我心里想着，这是我所拥有的唯一一次机会。万一现在我无法成功的话，我俩将再也无法回到当初了。我试着用自己所知道的每一种技术来引诱你，而假如是在几个钟头之前的话，我应该还会有办法让你晕头转向，充满野性的欲望。可是没有任何做法能够奏效。因为那整件事情让你极为心烦意乱，而且你绝对跟我一样也料想到了后续的发展，更何况到头来你醉得相当厉害。用罢晚餐和卡尔瓦多斯之后，我们还拿了一瓶白葡萄酒回到房间，可是我根本就没有碰它。你仍记得那一切最后是怎么收场的吗？结果你头朝床尾躺着，而我的脚就摆在你头部的旁边。有一次我还试着用脚指头弹弹你的脸颊，但你只是把我的脚推开，虽然不很用力而且不至于不友善，可是态度相当坚决。起先我俩都难以成眠，只是躺在那里辗转反侧，虽然晓得对方也还清醒，却假装自己已经入睡。后来我们还是都睡着了，最起码是你先睡着。以你那么高的血液酒精浓度，当然没办法硬撑很久。

我深感懊恼，为何没有在遇见“红莓女”之前，在山上的赤杨树丛中遂了你愿。因为我明白，你我从此将形同陌路，而且我在那个时候就已经开始想念你了。

当两个人躺在同一张床上彼此想念时，其痛苦的程度往往比远隔重洋时的相思还要强烈。

故事已经结束了。我俩在乘船沿着峡湾南下的时候亲切交谈。我们一面喝咖啡，一面吃着西挪威式的薄片蛋糕。我们在海拉走下“蹑水号”，扛着滑雪板和背包登岸。汽车仍旧停在当初我们留下它的地点，仿佛感觉自己遭到了遗弃，正对我俩眷恋不已。“可怜的车头大灯，可怜的前保险杠”，我心中那么想着，说不定还把它大声讲了出来。你也用充满黑色幽默的口吻说道：“它看起来就跟我们没有两样。”接着我们继续开车上路。

我们还会在那边的山上发现任何东西吗？我们当初离开现场的时候有没有忽略了什么事情？我们是否曾经有系统地搜寻过血迹，或者是皮屑和头发？

但其实我们不光是在谈论那件事而已。若按照当时的情况来看，我俩的返家之路还称得上是“相当愉快”。那或许是因为我们心里都有数，这将是我俩最后一次共同驾车出游。我们已经开始用一种结束共生关系后相敬如宾的方式来相互对待。从此将再也不会出现临时起意、令人心跳加快的长途旅程，引领我俩前往另一个爱巢。我们和睦相处，我们都彬彬有礼，而且体贴入微。

首先我们必须横渡松恩峡湾，然后再度经过莱达尔、那条河流以及木板教堂。等到我们通过悬崖旁边那个弯道拐角的时候，我的精神已濒临崩溃——那里也就是一个星期以前我相信你打算把我杀了，或者你准备自尽的地点。你把右手从方向盘移开，伸过来围着我。那个动作给我带来了温暖。接着我们又一次来到最高点。

目前我正朝着与你相反的方向行进。我来到了古尔，偷偷溜进佩尔斯大饭店的无线上网区。我已经把你的上一封邮件阅读完毕，现在就从这里发送回信。

不过我总觉得有人正在对我斜眼盯视，因为我并非这里的房客，只是一个偶然的过客。我甚至已经感觉到，很快将会有人走过来向我提出质问。若是在以前，人们溜进大饭店是为了上厕所，如今却是为了上网。

我无论如何都一定要再度穿越那个山区。现在我必须暂时告一段落了。在我重新有办法上网之前，你还有四到五个小时的时间可供发挥。我下一次上网的地点就是那家旅馆，而我正在前往该地的路上。我已经打电话通知了他们，但却被告知，由于旅游季节结束在即，今晚我很可能将是他们唯一的房客。

你正准备前往菲耶兰吗，斯坦？若是这样的话，我们可以在海姆瑟达尔相互挥手致意。我俩将在那边的某个地点擦身而过，到时候我们中间就只隔着一米的马路和一个世代的时光了……

我们重新望见埃德勒瓦特内冷冽光亮的湖面时，我发现你的双手和右脚再度在方向盘前面和油门踏板上方颤抖不已。接着我们又来到那个地方。你把车子停到路边，我俩都走下了红色的金龟车。当时我们仍然深深关心彼此，可是对往事的哀伤、悔恨和苦痛等感受，早已阻断我俩之间的情色关系。你喊出了一些不堪入耳的用语，你非常粗鄙！我从来都不晓得你会使用这种字眼。我只是在那边哭泣。

可是莓红色的披巾已经不知去向。我们进行了大面积的搜索，虽然披巾的颜色很容易辨识，我们却仍一无所获。莫非已经有人发现披巾，并且把它拿走了？还是说，它早已被风儿吹得不知去向？

我已经无从记忆，当我们又从地上捡起一些车灯玻璃碎片的时候，到底是感觉如释重负呢，还是大失所望？反正那绝非我们凭空想象出来的情节。我俩确实曾在这里开车撞上了一个人，而且是在高速行驶的时候。然而我们没有发现那个事故所留下的其他任何痕迹。地面上既看不见血渍，也找不到诸如大石块或土堆之类有可能与汽车擦撞的东西。

我们坐回车上继续向前行进。你对湖泊尽头那座造型滑稽、形状宛如圆锥形糖块的山峰发表了评论，仿佛就连它也跟我们的神秘事件有所关联似的。

驾车一路下行穿越海姆瑟达尔的时候，我俩只谈论了当初沿着这条公路向上行驶过来时的经历。我相信是你先开始那么做的，而且刚好就在我们经过那一条林荫道之际——当初你执意要开车拐进那里，并宛如不可救药的色狼一般地设法哄诱我。此时我俩却无法针对那个疯狂举动做出任何评论。

我们达成了一项协议。同意在回家的整段路上，可以针对这场致命的撞击意外畅所欲言，可是等到重返克林舍之后，我们将永远不再提起那条山路上面所发生过的事情，无论是我们彼此之间或者在其他人面前都不例外。那也就是我们返回奥斯陆之后的情况。从此开始，发生在埃德勒瓦特内湖的事件几乎只是一直被简称为“它”。如今我在这几封电子邮件当中打破了旧有的约定，但我不认为这个做法将会为我们招来新的厄运。我希望借此获得完全相反的效果，所以才会这么写。

莓红色的披巾已经不在山上，反正时隔那么久，它也不可能还在那里了，但是现在我们必须亲眼确认这个事实。我在内心深处有一点失望，因为如果我们重新发现了披巾的话，即使它已经支离破碎，至少也还可以表明：我们在桦树林看见的那位妇人不再是有血有肉的活人，而是一个向我们现身的灵魂。如此一来我们就面对了两条披巾，一条属于那位车祸罹难者，另一条则仍然围在“红莓女”的肩上。

由于新闻报道从未提及那场车祸，我们达成了共识，认为一定是白色厢型车的司机照顾了那个围着披巾的妇人。但我们对她当时所处的情况却出现不同看法。对你来说，我们与她在桦树林旁边的邂逅已经证明，她在车祸中所受的伤势并不严重；我却认为那恰恰是反面证据，证明她确实已经伤重而亡，而且果真有像“彼世”那样的东西存在，斯坦！你认为她被撞倒之后或许马上又爬了起来，接着就搭上那辆白色厢型车。你说服自己相信，她下山回到了海姆瑟达尔，而且她跟那辆外国拖挂大卡车有所关联。这样就可以用合理的方式来破解谜团，说明为什么我们在收听新闻节目的时候，完全不曾听到有关当夜发生道路交通事故的报道。而我则认为毫无疑问的是，当那个围着莓红色披巾的女子被抬上厢型车的时候，她若非身受重伤，就是已经死亡。说来矛盾的是，我们可以针对一件事情达成共识：我们开车碾过那个围着披巾的妇人仅仅一个星期之后，她就已经处于最佳状态。只不过你指的是在这个世界上，而我指的是她目前可能所在的任何地方。

我们所谈论的是小时与分钟。依据你的总结，如果我们只是轻轻擦撞到她的话，把她跟几分钟以后开过来的厢型车牵扯到一起的讲法，岂不过于草率？说不定她就那么继续向前步行。如此一来，白色厢型车的司机怎么还需要告诉警方，他看见一位中年妇女沿着52号公路在山中行走？

而我的论点是：“我们并没有发现她的任何踪迹，她简直就像是从人间蒸发了。但即便我们只是轻轻擦撞到她，她一定也会对我们恨得牙痒痒的，于是在走到有人烟的地方之后，所做出的第一件事情就是打电话报警，表示有一辆车顶架着滑雪板的红色福斯汽车几乎将她撞死。”

你仔细地聆听，而且你手握方向盘的方式比过来途中稳固了许多。但你只是摇摇头，随即做出推断：“她很可能是出于某种理由而不敢去找警察报案。否则她三更半夜跑到山上来做什么呢？通常不会有人在那个时刻出门登山健行，她更不至于仅仅为了呼吸几口新鲜空气，便来到距离最近的民居或村庄好几千米的地方。人们固然可以在山中夜游，毕竟每年到了那个季节天色都不会完全变黑，而且天气也不至于特别寒冷，可是人们只有在迫不得已的时候才会那么做——比方说接获了一项特别任务，要不然就是为了避风头，或者想要逃脱什么东西。”

我听了又听，以便掌握论点来进行我们现在依据你的假定所展开的对话。

我问道：“那么她为什么会想逃脱呢？”

你在四五分钟的时间内光是默不作声地继续驾车。我们开始完全以一种既新奇又陌生的方式来进行对话。我们已经不再是恋人了。我们不再喋喋不休，我们不再笑语欢声。但我们仍然表现得友好体贴。我们都希望相互扶持，但再也无法为我们二人争取到最好的结果。

我又问了一次：“她想逃脱谁，或者是想逃离什么东西呢？”

你回答：“想逃脱路旁那辆拖挂大卡车的司机。他们之间一定出过什么事情，结果她就走进了山区。也许她熟悉此处的地形，更何况徒步通过那个隘口并非难事：当地东端和西端的两个山谷彼此距离很近，几乎称得上是背靠背，而且在它们的顶端之间只隔着埃德勒瓦特内湖。”

你看着我，似乎在恳求我帮你继续那么辩解下去。

“那个女人搞不好是自己打算逃离犯罪现场，或许她犯下了一起血腥谋杀案，例如杀死一个长年虐待她的男人，而该人如今就倒在那辆外国大卡车的驾驶室里面。若是这样的话，她当然不会因为对别人恨得牙痒痒而跑去报警。”

你的幻想力令我叹为观止，我必须将手捂在嘴前，免得你注意到我已经笑了出来。

不过你早就发现我的动作，并且开口说道：“算了吧！她自己就是拖挂大卡车的司机。当我们经过那边的时候，卡车驾驶室里面空无一人。可是过了几分钟之后，我们就看见那位女司机徒步穿越山区。当时天气冷飕飕的，所以她在肩上围了披巾。她转身离开我们，看样子是不打算暴露身份。其中的原因在于，她已经跟一辆白色厢型车的司机约好在大马路旁边见面。他们准备在分水岭那一带碰头，以便当面交付某种高价值的物品。那也许是几千克的白色粉末，或者只是一些钞票，或者搞不好根本就是用来交换白色粉末的钞票？还是说，将会有某些物品——大量的某些物品——被从飞机上投掷到地面？在此情况下，自然不会有人想去惊动当地的农民和警方。然而她被一辆红色的福斯汽车撞倒之后，很可能在心中充满了报复的念头。而如果她沿着公路不断追踪下去的话，一个星期以后在海拉发现了我们的金龟车，那应该并不是什么令人惊讶的事情。她可以看出，我们显然已经跑到冰川附近，而且就在那边进行躲藏，因为当地没有联外道路，例如没有马路可供拖挂大卡车行驶。结果她就继续跟踪过来，以便惩罚我们。但起初她先要跟我们玩一玩把戏。”

你还强调：“即使是玩把戏，也有许多做法可以毁了别人的一生。一个人只要具备足够的想象力，就会有办法通过各种途径让某人形同被判处无期徒刑。”

你最近也曾在传给我的一封电子邮件中提到过类似的事情，表示有一名中东巫师企图用魔法让一对夫妇离异……

讲到那里以后，我就不再设法隐瞒自己的意见，因为我觉得你的想象能力已经到了近乎滑稽的地步。我把一只手放到你的膝盖上——我相信你会喜欢那样，但我也意识到，我们彼此做出亲密肢体动作的次数恐怕屈指可数了——同时我开口问道：“可是那块披巾，斯坦！假如她伤势不严重的话，为什么会在冷飕飕的夜晚把莓红色披巾解下来，或者把它遗失了？”

我不清楚你对你自己的理论到底相信到多大程度。而你自己也曾经表示过，你只不过是设法用理性的态度来思考。这么做当然没什么不对，斯坦。但“红莓女”的独特之处，并不仅仅在于她跟被我们碾过的那位妇人长得一模一样，而是在于当我们触摸那些娇嫩艳丽的莓红色指顶花之际，她在小树林内出现的方式，以及她再度消失的方式。我已经开始发展出用唯灵论来诠释事物的做法，而在此刻——我指的是当我们驾车踏上归途，一路向南驶往古尔和内斯比恩，接着继续朝向克勒德伦湖、苏克纳、赫讷福斯、苏利赫格达前进的时候——你至少还能够仔细地听我讲话，而且那不光是出自患难与共后的体贴关怀。一切事情都尚未尘埃落定，你仍然完全陷入疑惑。我没有谈到我从撞球室拿走那本前一天早晨在你熟睡时我阅读了一个小时的书。可是我们就在遇见“红莓女”几个小时之前发现该书，这岂不相当奇怪吗？

后来我才恍然大悟，原来我们与“红莓女”的邂逅可以看成是吉祥之兆。我俩一直对生命有着同样强烈的感受，但也为了生命有朝一日将会永远消逝，于是有着同样深沉的绝望——如今我们却蓦然得到一个启示，表明尘世的生命仅仅为一个过渡状态，而且我们的灵魂能够在此世之后继续存在下去。她露出蒙娜丽莎式的微笑，在淘气中带着精明。“来吧！我们将分享一个巨大的礼物。”甚至今天当我写出这些字句的时候，我仍然非常乐意与你分享这种胜利。这么做仍为时不晚。

但除此之外还有其他能够带来宽慰的事情。围着莓红色披巾的女子已经不再处于那么糟糕的情况。这岂不让我们稍微减轻罪恶感了吗？我们固然缩短了她在尘世的寿命，因为她的肉体已在事发当时或者随后一个星期之内死亡——而且此事直到今天还让人想起来就毛骨悚然。然而“红莓女”向我们作出了启示，表明她已经转移到另一个时空。她不正是为了这个缘故才过来向我们现身的吗？为了原谅我们，并且向我们灌注新的勇气！她对我说道：“你是从前的我，而我是将来的你。”她还表示：“别担心，你将变得跟我一样，永远不会死亡……”同时她也讲出一个信息来安慰你：“小伙子，你实在该收到超速罚单。”从她的视角来看——我是说，从她的“新”视角来看——你的过失不至于超出交通违规的范围，况且当我们仍在尘世涉入无谓的竞逐时，那是我们每一个人都可能会犯下的错误。所发生事件的严重性就不过如此而已，因为我们的肉体十分脆弱和短暂，而日后将出现一个更加纯净和更加稳定的存在形式。

透过这种方式，她其实告诉了我俩一模一样的东西。

然后我们又回到家里，再也不准谈论当初发生过的事情。可是创伤早已深植我们心中，羞愧和内疚无时无刻不纠缠着我们，而且我们只要看见了对方就会浮现那种感觉。无论当我们一起煎荷包蛋，还是相互倒茶或倒咖啡的时候，每一次都是如此。

但是我已经得出了结论，认为我们并非因为罪恶感才无法继续生活在一起。我俩迟早还是会有办法摆脱那种耻辱。

比方说，我们可以一起向警方投案自首。事情就那么简单！如此一来，我们势必将承受所应得的惩罚与羞辱，可是我们却可以好好相互扶持，共渡难关。

你应该还没有忘记，我们开始遮掩一切之前所做过的事情。最后我们甚至还打匿名电话给警方。我们提出询问：在我们行驶于52号公路当天的晚上，两郡交界处的路段是否曾经发生车祸，或者是否曾有任何人被汽车碾过？我们还说，我们之所以联络他们，是因为我们说不定现场目击了什么事情。警方将时间和地点登记下来之后，便要求我们再打电话回去，因为我们坚持要匿名。结果我们拖延两三天以后才终于又打了电话。警方却向我们做出确认，表明那里无论在当天晚上或其他任何时候都没有过关于车祸的报告，因为该路段笔直得异乎寻常，而且路况相当良好。

我们赫然意识到，事件的线索已经完全消失。这使得整件事情在尘世的一面越发显得神秘，而且它直到今天都还是一个谜团。毕竟我俩曾经置身现场，而且我们都晓得自己开车撞倒了一位中年妇人。显然一定有跟警方和当局无关的人士处理了那名女子的尸体。此外我逐渐变得越来越相信，我们在那位中年妇人往生几天之后，与她的灵魂有过接触。

我们之间的鸿沟便位于此。我从共同经历过的事件当中，得出了与你截然不同的结论。因此我们再也无法相处。我开始研读有关唯灵论的哲学著作。此外我还留下了我从撞球室拿来的那本书——当你重新看见它时，我真害怕你会把它砸到我的头上来。我也开始大量阅读《圣经》，如今我把自己看成是基督徒。

耶稣曾在复活以后向门徒显现，而我相信当那位妇人向我们现身的时候，我们也经历了类似门徒经历的异象。我们对此进行过讨论。对我来说，有关耶稣先是死了，接着其遗体“又从死里复活”的信仰，未免匪夷所思。因此我无法接受教会有关“肉体的复活”之教条，以及“坟墓将于最后审判之日开启”的古老想法。但我相信灵魂的复活。而且我跟使徒保罗一样，也相信我们将于自己的肉体死亡之后，在一个与我们目前所居住的物质世界截然不同的时空，以“灵体”的形式复生。

于是我找到了一个综合性的做法，将基督教教义与我眼中对“灵魂不灭”的理性信仰结合起来。就我自己而言，这不单纯是信仰方面的问题。我曾经看见那位被我们撞倒和碾毙的妇人显灵，其情况正如同初代教会所记载的，耶稣的门徒曾在他“从死者中复活”之后看见了他。难道你不认为，耶稣之所以“显现给门徒看”，正是为了要宽恕他们——换句话说，就是要赐给他们希望和信仰？

或许那可以用使徒保罗的用语来表达：既传基督是从死里复活了，怎么在你们中间，有人说没有死人复活的事呢？若没有死人复活的事，基督也就没有复活了。若基督没有复活，我们所传的便是枉然，你们所信的也是枉然。

我曾有感于自己终将一死而哀怨泣诉，使得我俩为了安抚情绪而坐上那辆金龟车，前往约斯特达尔冰川踩滑雪板健行；我曾因为自己无法拥有足够的生命，于是持续出现强烈的遗憾——结果我却骤然找到一个可带来慰藉的信仰，发现在此尘世生命之后，将另有永恒的生命。

接下来两三天的时间内，我们的小公寓里面就已经摆满各种或买来或借来的书籍，而其探讨主题正是被你称为“超自然”的那些现象。或许你没注意到，除此之外我也阅读了《圣经》。但令你无法忍受的事情是，你自己的信念与我的新路线格格不入。你觉得遭到背叛。我俩曾经共同组成自己的信仰社群。现在那个社群在我离开之后，只剩下了一位成员。

实情正是如此，而非颠倒过来。我并不是因为你的无神论才没办法与你生活在一起。那确实不是我们分手的原因。真正的理由在于，我无法忍受你一直不断地摇头驳斥我的新信仰。你完全不留转圜余地。你既缺乏宽容心，又表现得毫不留情。这令我大受伤害，于是我就搭上了那一班午后开往卑尔根的火车……

结果时隔三十多年，整个故事又增添一个新的章节。你端着一杯咖啡走上阳台，却突然在那里发现了我。而我随即在刹那之间感觉能够从你的视角看见我自己，一股不安的感觉袭上我的心头。

现在就让我带着你进行最后一个思维实验。那对我而言相当重要，因为这个思维实验同时也衍生出一种挥之不去，近来一直萦绕在我心头的疑问。是的，斯坦，我也具有怀疑能力。

你不妨回忆一下当初我们开车通过那个山区时的情景，并试着想象我们在引擎盖上面架设了一台摄影机。假如摄影机刚好在我们撞车的前一刻将前方道路拍下来的话，今天你还能够笃定地认为，那个围着披巾的女子会显现在影片上面吗?

我相信你一定会觉得我的表达方式非常诡异。但我所描述的正是某种十分怪诞离奇的事情。

我们口中的“红莓女”，是一个来自彼世的启示。但正如同已在前面谈到过的，我不能确定我们是否有办法把她拍摄下来，或者把她所讲的话录音到磁带上面。她是一个灵魂，前来拜访两个有血有肉的活人。因此若说她已经“实体化”，那是不正确的讲法。更何况我们就连所听到的东西都不一样。她出现在我们面前的时候，为你和为我带来不同的想法。她向我们说出了截然不同的字句，即便所传达信息的意义大致相同。

从我所读到的有过与我们类似经验的人们那里，我相信自己可大致想象出昔日发生了什么事情。请让我强调很重要的一点：灵魂当然不会在我们所处的三维世界内，受到时间与空间的限制，更何况尘世的存在形式是那么呆板狭隘。有什么东西能够对灵魂造成羁绊呢？因此现在无法断定“红莓女”是否的确已经前往彼世，或者那是将来才会发生的事情，我指的是：以我们的观点，从我们世俗的角度来看待这个谜团。“红莓女”或许是一个异象前兆，而且她仍然有可能与我们同在。

现在你一定在想着，但我们的车子还是撞上了她。而我打从一开始认为，她若非当场丧命，就是在随后几天内伤重身亡。这是我现在想问的事情，斯坦。而且正是此事令我突然间产生了一丝怀疑。说不定我们只是在那座山间湖泊预先经历了某个未来的事件——我的意思是，那个事件根本就还没有发生。

可是车头大灯撞碎了，不是吗？而且车上的安全带也骤然紧绷了一下，虽然绷得不很紧，但的确绷了一下。所以我毫不怀疑曾经有什么东西跟我们相撞，即便我们也有可能只是撞到了鬼魂。

早在事发当时我就已经感觉诧异，我们的汽车竟然只受到如此轻微的损伤，更何况你能够头也不回地继续开车前进。假使你撞上的是驯鹿或麋鹿，你有办法那么做吗？

但过了没多久我们还是掉头回去，至少找到了那块披巾。至于事情发生与否，我只能表示，时隔多年，我再也不确定那到底是怎么一回事了。不过警方已经正式宣布，相关路段根本就没有出过车祸。

为了确定所有的可能性都已经涵盖进来，现在我想在结尾的部分指出，“红莓女”至少向我们现身了三次。第一次是在海姆瑟达尔最高处的山路上面，接着在那座山间湖泊的旁边，然后最末一次是在那家古老木构造旅馆后山的桦树林。你认为呢，斯坦？

从此她就再也不曾露面，既没有在你眼前也没有在我眼前现身——那是我们后来重新有机会独处的时候，首先问起的事项之一。显然她是特地同时冲着我们两个人来的。或许除了我俩之外，从来就没有其他人看见过她。

但愿上述总结没有给你带来太多折磨。有时我会忧心忡忡，害怕我们的不同观点将导致你再度中断联系。或许你仍旧以为我心智不健全。可是我晓得在你内心深处仍然留有空间，可让我们以更加坦诚的态度，来解读当初在山中所共同经历过的神秘事件——即便随着时间的推移，我们早已得出非常不一样的结论。我仍然记得我们在事发当天相互交谈的方式，以及我们驾车返回奥斯陆途中的情景。一直要等到我在公寓里面摆满许多那方面的书籍，你才真正开始在心中负隅顽抗。如今事隔三十多年之后，你竟然还写出了你对我心生畏惧。

千万别让这成为我们之间的最后对话。可别忘记了，我们曾经一起当过穴居人。就此而言，我们同时也还是“直立人”“能人”和“非洲南猿”——在一颗充满生命的行星上面，在一个神秘万分的宇宙当中。我完全不会否认这一切。

我们是这个巨大谜团的一部分，但此谜团未必只会导引出肉体或物质方面的答案。说不定除此之外，我们还是不会死亡的灵魂，而且那或许就是我们最核心的特质。相形之下，其他的一切——星辰以及四足类等等——都只不过是外在的小玩意儿罢了。即使是太阳，它所知道的东西也不会比蟾蜍来得多；即使是银河系，它的认知能力也跟虱子无甚差异。

它们只能在自己被分配到的时间内继续燃烧。

你总是迫不及待地提醒我，我们的身体跟爬行动物和蟾蜍具有亲戚关系。尽管原始的脊椎动物与智人之间出现了基因上的关联性，可是在我看来，人类与蟾蜍还是存在着本质上的差别。我们不妨站在镜子面前仔细观看自己的眼睛，而眼睛正是灵魂之窗。通过这种方式，我们就可以见证到我们自身的谜团。一位印度的智者曾经这么表示过：“无神论意味着不相信你自己的灿烂灵魂。”

我们在尘世上同时是肉身和灵魂。然而我们将会比自己体内的蟾蜍活得更久。像“红莓女”就再也没有了血肉之躯，她是一个超脱于尘世的奇迹。但愿你有朝一日将会睁开自己的眼睛，看出“红莓女”所带来的神圣奥秘。

现在我只要回想起来，当初我俩如何几乎以不知足的方式，一再又一再地相互献身，便不觉露出一丝笑容。而我俩在菲耶兰度过的那最后一个星期，更已在我心中留下了若干“电影片段”。那些都是美好的记忆。我不会以自己的肉体本质为耻，而且我根本从来就没有以它为耻，况且那并非问题的症结所在。但时至今日，我期待自己能够成为高尚许多的“东西”，能够更加“恒久”。

现在我就静候你的回音。

·8·

指顶花！你真是一个天才，苏伦！说不定你已经在不知不觉当中解开了一个古老的谜团。但是我必须先从其他的东西开始讲起。

我再度来到这个地点，待在我俩昔日下榻的同一个塔楼房间。我刚在这里收到你的电子邮件，并将一台超轻薄的笔记本电脑摊到膝盖上，坐在那张老旧躺椅上面读完了你结论的第二部分。那一切都相当奇特，而且令人痛苦。我不得不走上阳台，举目仰望群山与冰川，以便看见还有正常的东西，看见还有恒久不变的事物。把邮件阅读完毕后，我朝着旧渡轮码头信步走去。我总觉得我们似乎随时都有可能在那里意外重逢。时间到底是什么？一切都好像是曝光了两次的胶卷。我读完第二遍以后才把邮件删除。现在我已经坐在小桌子旁边撰写回信。

今天早上我悄悄溜出研究所，就如同三十年前那般地四下晃荡。我已经告诉过你，我的心中焦躁不安，于是干脆决定上路，并且从古尔发邮件与你联络。

我打了电话给贝丽特，通知她我正开着汽车翻山越岭来到这里，以便利用周末集中精神处理两篇必须写出的论文。我表示那些论文都跟冰川以及冰川博物馆有关。但论文只不过是一个幌子罢了，其实另有事物吸引我过来，而那当然就是你的电子邮件。反正我无论如何都必须再度外出来到这里。我及时赶上在旅馆用晚餐，我一吃完饭就直接奔回房间打开你最新的电子邮件，这仅仅是在你传出邮件半个钟头之后。我把满满一壶葡萄酒带进了房间，但现在酒壶已变成空的，兀立在我面前的桌子上。

我是独自前来的。我不认为这一次你也会跟着抵达。不过当我驾车经过收费站的时候，却蓦然涌现一个念头：说不定你将在傍晚时分现身。我凭空想象着，我们将坐在旅馆音乐室的老旧圆形房间内，啜饮咖啡和利口酒。结果变成我孤零零地置身此处。不过我或许应该练习适应这种情况才对，因为我已经逐渐爱上了这个地方——我是说，喜欢这座位于峡湾旁边的村落，以及这家古意盎然的木构造旅馆。

这也是自从昔日驾驶那辆红色福斯汽车以来，我第一次亲自开车通过那边的山地。这感觉起来相当奇特，因为就某种意义而言，我简直是一辈子都在此山区驾车来回奔波。当初我曾昼夜不分地坐在汽车上，紧握方向盘驶离那座山间湖泊。然后我俩在旧渡轮码头停下车子，展开了一场失魂落魄的“太空之旅”。接着我俩在莱康厄尔被警察拦阻下来——那时我非常确定，白色厢型车的司机看见了我们的红色金龟车，并且已经报警。

你对若干细节所做的描述固然有待商榷，不过我同意你大多数的结论。你的讲法非常精确，而且你清楚地点明了，当初我俩针对所经历的事件做出诠释时，出现过哪些微妙差异。

从奥斯陆前往古尔，而后向上穿越海姆瑟达尔的整段旅途当中，我一面开着新购买的油电混合车，一面想着你和你的唯灵论世界观。现在我才突然注意到，你的生命哲学非常明确，而且在结构上前后一致，即便其中并无丝毫科学根据。

不过请千万不要误会我的意思，因为我也一下子体会出来，自然科学永远无法真正反驳“人类具有不朽的灵魂”这种信仰。我们的意识是否纯粹为脑部化学反应，以及大脑周遭的刺激物和环境——包括一切被我们称为“记忆”的东西——之共同产物？还是说，我们正如同你以充满说服力的方式所指出的，是多少具有自主性的灵魂或精神，目前只不过暂时将大脑使用为精神层面与尘世物质羁绊之间的连接装置？这是一个古老的问题，而且我相信我们将永远也找不到答案。唯灵论看待人类身份和本体的方式或许过于玄妙，以致我们始终都不可能把它束之高阁，这方面的论述还会持续存在下去。

我们是灵魂，斯坦！……世上没有死亡，而且世上没有死者……

我自己固然无法相信这么神奇的事情。但假若事情不是这样的话，或许就应该变得如此。我们构成了这个世界的意识。我们甚至还有可能是全宇宙当中最高贵和最神奇的生物。所以，我们或许不必因为自己对一种不受血肉之躯羁绊的命运满怀憧憬而感觉抱歉。

此外我还心满意足地确定，你在秉持二元论的同时，并不想贬低我们尘世的生命。试想一下，如果你写出了那样的字句，认为“我俩当初的亲密关系完全是建立在一种误解上面”，那又将是何景象！毕竟历史上已有足够的例子显示出来，宗教狂热可导致对感官世界和世俗事物的全盘否定，更遑论是否定了我们大多数人眼中唯一真正的现实。

从奥斯陆来此的整段路程当中，上述想法都一直在我的脑中翻搅萦绕。来到海姆瑟达尔的最高处时，我驾车驶入干道左侧的那一条林荫道，在那边沉思了几分钟之后，才又继续向前行进。

我抵达了那个山间高原，而三十多年来我就反复在这种朦胧暮色中奔波于途。我仿佛“漂泊的荷兰人”一般地遭到天谴，纵使并非日复一日，至少也是夜复一夜地在那座高原上流浪。

你回忆起我俩在撞见围着红披巾的妇人之前，所经过的那座诡异山丘——你把它称为“糖锥”。顺便提一句，你的讲法非常贴切，因为它看起来的确很像一个圆锥形的糖块。此时我张望了一下汽车上的全球卫星定位地图，找出它的名称，而且它理所当然就叫“埃德勒豪根[①]”。

我刚刚经过那座样貌奇特的钟形山，便发现马路的右

---

① 埃德勒豪根（Eldrehaugen）位于埃德勒瓦特内湖的南端，在挪威文的意思是“较老丘”。

边有一个小弯道。如今那边摆出了许多块解说牌，向游客提供有关当地风土民情和历史典故的信息。其中一块解说牌写道：

埃德勒豪根是一座引人注目的圆锥形山丘，位于本解说站东方不远处。埃德勒豪根居住着一群目不可见的山魔，它们被称为“阿斯加尔德”或“尤勒斯克拉亚”。每逢圣诞夜的子夜时分，这些“阿斯加尔德”或“尤勒斯克拉亚”便从埃德勒豪根奔腾而出，一直飞驰至哈灵达尔河谷。它们会造访农舍，并且尽情享用圣诞餐点和麦酒。凡是向它们供奉大量食物和饮料的人，可过上快乐美满的生活。但如果食物上面出现十字标记的话，“阿斯加尔德”会觉得受到冒犯，并可能向人类、财产和牲畜降下灾祸。海姆瑟达尔的百姓知道若干“阿斯加尔德”成员的姓名，诸如：提德讷·拉拿卡姆、海尔格·赫佛特、特隆德·赫格夕宁根、马斯讷·特勒斯特、斯潘宁·黑勒。“阿斯加尔德”最远可来到德拉门附近的村落。整个圣诞节期间他们就在那一带出没骚扰，一直要停留到主显节才返回埃德勒豪根。

马斯讷·特勒斯特！提德讷·拉拿卡姆！

我不禁摇了摇头，并且回想起来，你曾在邮件中写道：当初被我们撞倒的未必是普通人，或许只是一个鬼魂而已。一想到这里，我继续站在原地沉思了很久。

指顶花与“红莓女”！我觉得说不定你一语道破问题的关键。

你表示我们曾经看见同样的事情，可是我们却听见了或接收到不同的信息。

我俩都被茂密的指顶花吸引过去，而你甚至如此着迷，务必要触摸它们，所以你我肯定都想到了完全相同的东西。我们虽然并没有一直谈论那个事件，却几乎都不断想起我们在山上开车撞倒的那位妇人。而指顶花的颜色，恰巧与她起先围在肩上，后来被我们在石楠树丛中找到的披巾完全相同。它们不但有着同样的颜色，甚至还是一模一样的粉红色调。或许正因为这个缘故，指顶花才会对我们产生了如此强烈的吸引力。

但如同你正确指出的，就在一瞬之间有什么东西引得我们转头张望。那也许是一只鼬鼠，或者是一只喜鹊。反正我们都转过身来，而且我俩都相信，自己就在此时看见了被我们碾过的那个女子——她正站在小树林里面，肩上围着同样的莓红色披巾。

但或许并不令人意外的是，我们就在当时那种心理状态下出现了相似的幻觉。而且我认为，那是由于我们被枝繁叶茂、色彩绚丽的指顶花冲昏了头的缘故。否则你为什么偏偏会受到指顶花的吸引，尽管它们旁边就生长着同样诱人的蓝色风铃草？

无论世上有几百种、几千种或者几十万种不同的颜色，那纯粹是一个学术上的问题。然而此处所涉及的，却只是完全相同的单一色调。有某样东西在我们背后的树林内移动，于是我俩都转身探望，并且都以为看见了一个围着莓红色披巾的女子站在那里。我认为她讲了某些话，而你认为她说出了别的东西。但相当明显的事情是，我回想起自己当初如何在高原上超速行驶；而你自从十一岁以来，心中便萦绕着一个既残酷又无法逃避的事实：我们总有一天必将离开这个世界。

然后你发现了那本书。你把它翻开来阅读，我也那么做了，而我们所唯一缺少的环节就是指顶花。

我俩早已六神无主，以致出现了幻觉。我们既脆弱又没有防备，结果都惊吓得失魂落魄，而且在好几秒的时间内完全迷迷糊糊。

明天我将驾车离开。可是我不打算在返回奥斯陆的途中再度穿越那片山地。到时候我宁愿经由艾于兰山谷前往霍尔。除此之外，我还在考虑是否应该绕个弯子去卑尔根与你见面。

我能这么做吗？

我可以搭乘渡轮，从拉维克穿越峡湾前往欧普达尔。如果渡轮行驶时刻可以配合得上，我或许还会沿着峡湾继续开车来到吕特勒达尔，进而渡海前往苏伦德。我实在很想重新看见那座群岛。可惜你无法共襄盛举——我是说，在吕特勒达尔与我会合。但假如你能够那么做的话，对你来说最方便的做法就是搭乘大巴士前往欧普达尔，因为我们实在没有开两辆汽车的必要。我们不妨将此举看成是最后一次的探险，亦即你所一再称呼的“疯狂举动”。更何况我们还有许多事情需要讨论。我非常希望能够开车载着你，巡游位于峡湾出口的那些岛屿——我的意思是，一直向外来到库格鲁夫。我们可以去渡轮码头旁边的艾德斯杂货店逛一逛，就如同昔日那般地购买冰激凌。但如果你实在很难走开的话，我完全体谅。请顺便帮我向他问好！

为了保险起见，我已经在卑尔根的挪威大饭店订好明天的房间。在这个村落里面，如今我是冬季歇业前的最后一名旅客。他们已开始将所有的物品打包，并且给家具蒙上布套和罩单。

我应该可以在明天下午或傍晚抵达卑尔根。如果你家里同意的话，说不定我们可以在星期天一同驾车出游。

再度看见同样的海湾和礁石，将会是非常奇异的经历。现在整座岛上想必早已布满了盛开着紫色花朵的石楠树丛。昔日我俩曾经在与现在完全相同的时节前往该地。而且你讲得很对，那时我俩几乎每天傍晚都会骑车前往海角，凝目注视西沉的夕阳没入海中。

我觉得，我们现在就应该重新融入那个画面。

也许吧。但是我相信，总有一天我们的灵魂将上升到一个截然不同的更高视野。

可是我在卑尔根会受到欢迎吗？

尽管放心过来！

你当真吗？

当然啦，斯坦。我真巴不得你已经在这里了。过来吧！

我无须隐瞒一个事实：这么多年下来我都一直喜欢着你。我每天都会想到你，并且继续与你进行某种对话。所以就此意义而言，我还是与你共同度过一生。此事颇为怪异。那是一种奇特的共生关系。但我无论如何都必须为过去的三十多年向你表示谢意。

我曾经向你表示，我感觉自己仿佛过着重婚一般的生活。我也觉得你随时都在我身旁，更何况我具备超感应能力，有办法发现你正在想念我。

不过，斯坦……

怎么了呢？我们早已不断删除电子邮件。现在这仅仅是我们两个人之间的事情。

我们不就是两个相互归属的灵魂吗？我是说：二者早已交织在一起，正如同两个不可分割的光子一般地相互归属，即便中间横隔了许多个光年的距离，却照样能够相互感应……

我不晓得到了我们这种年纪以后，是否会比年轻时代更容易察觉出肉体与灵魂之间的差别。

在这方面我们还有许许多多的事情需要讨论。接着我们将会找个日子一同驾车前往苏伦德，不是吗？ 但现在我已喝完葡萄酒，正准备就寝。我已经开车跑了四百千米，说不定马上就能够睡着。可是一讲起“睡着”，那是一种多么变幻莫测的状态！我无法保证今夜将会让你卷入什么样的梦境。宇宙之梦的配额或许已经满了，所以这一回我有可能做出几个非常生活化的梦。说不定我会想办法带着你一同前往松恩湖边静静地漫步，并且是以逆时针方向！

晚安！

·9·

早安！

我已经告诉尼尔斯，你正在前来卑尔根的途中。终于这么做了以后，我如释重负。不过我马上就要出门，而且接下来整天都不在家。我还有许多事情需要好好想一想。然后我俩就见面了——在明天，说不定还可以更早！

等到今天下午或傍晚又能够在旅馆上网以后，我会马上传邮件给你，到时候我们不妨做出更详细的安排。现在祝你有美好的一天，并且出门愉快！我很快就会下楼吃早饭，然后结账离开，继续开车上路。昨天晚上整个餐厅里面只有我独自一人，略感寂寞，于是我点了一大壶葡萄酒作为补偿。我觉得我必须也喝下你的那一份。我想象你就坐在我对面，然后我眼前还交互浮现你今日的模样，以及多年前的长相。你的外貌实在变化不大。

* * *

嗨，我开车长途跋涉之后，终于抵达了卑尔根。我正坐在旅馆房间里面，目光越过窗外的小隆额果斯湖，眺望远处的乌尔瑞肯山[①]。户外光线呈现出越来越强烈的对比，此时已近黄昏，这是我在这个夏天首度感觉到季节正在转换。

我刚才在松恩峡湾南岸不远处目睹了一场可怕的车祸，还一直为此震惊不已，我准备把小酒柜里面的饮料喝个精光，然后在就寝前读一读报纸。我们是不是可以敲定，由你在明天早上九点钟左右来旅馆柜台那边找我？说不定我们还可以一起开车去吕特勒达尔，接着搭乘渡轮前往苏伦德。

---

① 乌尔瑞肯山（Ulriken）是卑尔根周围七座山峰当中最高的一座，海拔643米。

我迫不及待想再度看见你，迫不及待想握着你的手。

* * *

我已经吃过早饭，而后一直在接待柜台那边晃荡。现在是九点十五分了。即便你还没有回复我之前传出的几封邮件，我也仍然认定你已经读过它们，并且已在半路上了。如果你尚未出门的话，能否打一通电话给我？我就待在房间里面，保持手机开机。

* * *

已经是中午了，我依旧没有你的任何消息。我曾试着拨打你的手机号码，可是你的手机整个上午都处于关机状态。我会继续等候几个小时，然后再打电话到你家。

斯坦：

您刚刚已经把这个闪盘插入了您的电脑。事故发生时，它就挂在苏伦的脖子上。但我可以向您保证，我所阅读的内容就只有那么多，刚好足以让我明白你们二人之间长期以来的通信内容是什么。这些电子遗物从此完全归您一人所有。我不相信还会有其他的备份，因为苏伦已经把她电脑内的那一份删除了。现在我就通过这个闪盘，传出我个人对您的最后说明。此外我还把您在那个可怕日子发送给她的几封邮件，一并转存了过来。当您读到这里的时候，就表示您已经找到了随身碟里面的全部内容。

我实在不晓得是否该为我们上次的见面表示谢意，所以为求保险起见，我就不那么做了。同时我也无意赘述，苏伦的葬礼是多么庄严隆重。起先我希望您保持低姿态，即便我们曾在送葬队伍沿着湖畔前进的时候交谈了几句，我还是不打算让英格丽、乔纳斯或其他任何相关人等知道您是谁。当时我期盼您能够保持理性，亦即充分表达尊重之意，至少避不参加吊唁。毕竟葬礼基本上算是公开仪式，但吊唁则具有私人性质——那是家族内部的事宜，而且在我看来它已经属于隐私权的范畴。

但您却表示想要全程伴随苏伦，直到在举行吊唁的终点大饭店说出最后一句话为止。您心意已决，非要那么做不可。最后我别无选择，只得让您随心所欲，并且在向孩子们介绍您的时候，把您讲成是苏伦大学时代的旧识。您可以将此做法称为中产阶级的双重标准，或者您想怎么称呼它都无所谓，反正没有人能够驾轻就熟地处理这种情况。我们从来就没有接受过相关训练，应该如何在一瞬间沦为鳏夫。

现在冒着显得小家子气的危险，我还必须补上一句：您竟然在吊唁刚结束的时候，坐着对英格丽大开玩笑！您的社交本能仿佛如鱼得水，突然变得十分活跃起来。您不仅闯入了吊唁，同时还想要吸引别人的目光。您希望获得观众，而您达到了目的。您把英格丽逗得笑了出来，那让我大受伤害。

我承认，苏伦并没有告诉我您与她之间的某些事情。但我早就听说过您，或许我应该表示：我听说过你们两个人——二十世纪七十年代之初那对如胶似漆的恋人。当我写出“听说过”一词的时候，那其实是极度轻描淡写的说法。我受够了。

您不妨认为，我是为了尽一己的义务才会寄出闪盘，并且还附上这几行文字。在我看来，这是我悼念苏伦时必须采取的做法。我感觉自己仿佛是在处理一件遗赠物，因为你们相互传送的信息与我完全无关。我虽然不清楚你们彼此写了些什么，但我知晓你们曾经互通邮件。况且苏伦从来都不想刻意隐瞒任何事情。

我曾经想了又想：假如你们二人没有在图书村意外重逢的话，那么世界在今天看起来又将是什么模样？她还会继续活着吗？我只能勉为其难地尽义务般地提出这个问题，因为她再也无法自己发问了。更何况要我完全独自面对这么一个重大的问题，是非常痛苦的事情。

当我们跟着那些叔伯阿姨，以及侄子和侄女，从位于墨伦达尔公墓的希望礼拜堂步行前往终点大饭店参加吊唁时，我曾亲口向您做出承诺，表示我会找一天与您联络并且说明事故发生的大致经过，此外我也想到了这个其实属于您的闪盘。您难道从来都没有意识到，那一切会让我在孩子们，甚至在整个家族的面前感觉有多尴尬吗？您到底自以为是什么人？

既然她已经离我而去，现在我就不得不充当解说者的角色。而且我请求您体谅，我做出下列讲述之后将拒绝继续与您接触。

在星期六我最后一次看见她充满生命的活力。我发现她在当天早晨焕发出一种特殊的光辉气息。她曾经告诉过我，您正在前来卑尔根的途中。莫非她是因为那个缘故才会如此激动吗？我决定不要过于苛求，因此建议邀请您来我们家坐坐。可是苏伦一口回拒了我的提议，表示“那连想都不用想”。或许她希望这么一来，能够避免让我难堪。那是我的想法，或者至少当时我就是那么想的。但除此之外还有其他的事情。

许多年前，或许是十年或十五年以前吧，我在十二月的某一天买来一块美丽的披巾，作为送给苏伦的圣诞节礼物。

那么做，是因为我还买了一盆圣诞红。令我记忆犹新的是，披巾和圣诞红呈现出同样的莓红色。我先购买了那盆圣诞红，随即我看见在松特百货公司的橱窗内，有一块披巾可以跟圣诞红搭配得很好。

不过她从未围上那块披巾。她打开包装纸的时候就已经面有难色。我连忙问她到底哪里不对劲儿。如今回想起来，她当时的答复大致是：那块披巾让她觉得老气。但她接着也告诉我，披巾让她联想起昔日与您共同经历过的一个神秘事件。而我之所以会把它说出来，是因为今年七月我们驾车离开图书村之后，她又向我提及此事。讲得更精确些，那是当我们沿着约斯特拉湖行驶的时候。那一整天都浓雾弥漫，那时却天清气朗起来，于是我开口聊了天气；她却突然聊起那块披巾、那盆圣诞红，以及三十多年前发生的某件事。但她不愿意透露那个“神秘事件”的细节，我只是默默倾听，没有做出任何表示。从前她已经谈论过这一类的事情，而且她甚至很早就讲到了“斯坦”——她真的那么做过。因此我提议绕道前往我们位于苏伦德的夏日小屋一游，这样或许可让一些老旧的记忆，尤其是过去的一些幽灵从此烟消云散。她紧紧握住我的手，也认为这么做会对我们自己比较好。

这么一来，我也传递了那个信息，或者我应该称之为“转寄了信息”？我纯粹是为了她才会做出最大努力，设法将这整出戏的各种零星片段拼凑在一起。

请务必记住，我不要求您做出答复。我只不过尽了任何配偶所应尽的义务。我只是在帮她料理后事。

在我们失去她的那天早晨，她不知为何缘故把旧披巾拿了出来。但一直等到我们大家都从医院回来之后，我才看见那块披巾。我在苏伦的书桌上发现，它仍然整整齐齐地放在我十年或十五年前为她买来的礼品盒里面。但为什么呢？她为什么偏偏选在那个时候把披巾拿出来？

我把您当下正在读取内容的闪盘放进了那同一个礼品盒，因为我相信披巾和闪盘属于您的成分居多，属于我们的成分较少。我已经痛下决心，此后绝对不让南布列克街出现任何与阁下有关的物品。我既不希望乔纳斯浏览您与苏伦往来的邮件，也不打算让英格丽继承那块披巾，更何况现在我自己也必须想办法活下去。办完丧事以后还有许多事情要做，诸如必须注销银行账户、取消各种订阅，以及办理其他事务等等。而阁下也名列待办清单。

当天早晨我准备去办公室的时候，她向我表示她即将出门拜访一位女性友人。与往常不同的是，她特别说明自己不会回家吃晚饭，并且说，她回来的时间可能会很晚。她讲的是“非常晚”。

苏伦没有说出那位女性友人是谁，或者她住在何处。令我始终纳闷不已的是，那天早晨她为什么会北上前往松恩峡湾。她从未提到过在那边有朋友。

她总不至于打算一路走向苏伦德，抵达最近几年来我们经常过去度假的地点吧？但假如真是那样的话，她为什么没有明说？她为什么没有自己开车出门？她为什么会独自沿着那条交通繁忙的大马路行走？

事故发生于欧洲39号公路上，就在欧普达尔的南方。或者更精确地说，她在通往布雷克和吕特勒达尔的岔路口被车子撞倒。巴士驾驶员证实，苏伦是从卑尔根坐他的车子过来，然后在茵斯特菲尤尔下车。茵斯特菲尤尔几乎是一个不毛之地。①而等到同一辆巴士从欧普达尔掉头驶向卑尔根的时候，她却仍然站在那里等候。

苏伦的行事作风或许令人捉摸不定。但事到如今，那已经不再是问题了。我是说，您从奥斯陆前来卑尔根的途中，

---

① “茵斯特菲尤尔”（Instefjord）虽然几乎无人居住，却是松恩峡湾南岸的交通枢纽。欧洲39号公路（E39）经此北上，在10千米外的“欧普达尔”（Oppedal），通过渡轮与松恩峡湾北岸的“拉维克”（Lavik）衔接（斯坦目睹车祸时，正沿着这条路线开车南下）。另有一条滨海公路从“茵斯特菲尤尔”向西北。那条公路的终点是“吕特勒达尔”（Rutledal），开往苏伦德的渡轮就从此地出发！

应该不至于开车南下经过那个地方吧？您不是坐火车过来的吗?

无论如何，她在松恩峡湾南岸几千米外的地方被一辆拖挂大卡车碾过。那个路段限速每小时八十千米，可是拖挂大卡车却在通往茵斯特菲尤尔的漫长下坡路上，以将近两倍的速度行驶。当天视线不佳，而那名年轻的卡车司机正设法赶赴欧普达尔搭乘渡轮。现在他只能等着上法庭，但愿法官多判他几年。

他竟然也有脸出现在葬礼上。但他至少还有足够的判断力，晓得应该刻意避开吊唁。否则我一定会把他撵出去。我会叫警察过来。

那个星期六我正在办公室加班的时候，接到海于克兰大学附属医院打来的电话。有人通知我发生了什么事，并强调她是被直升机抢救过来的，而且她的情况非常危急。我连忙冲出门外，然后从出租车上打电话给英格丽和乔纳斯。在孩子们赶到以前，我与她单独相处了几分钟。她的伤势惨不忍睹，但她突然睁开双眼，眼睛发亮："难道是我自己搞错了？万一斯坦说得很对呢?！"

人们不仅可以从孩子和醉鬼那边听到真相。临终者同样也可以说出一些发人深省的话语。

或许您“说得很对”，斯坦。那听起来岂不是很舒心吗？

我感觉自己有义务，必须替苏伦向您转达她最后的致意。或者我应该称之为最后的评论。我毫无概念，不知道她那么讲到底是什么意思。但是说不定您会晓得。即便如此，我必须承认自己产生了一个令人不安的想法，并且开始产生怀疑。

将一切都总结起来之后，我无法不认为，你们在那家旅馆的重逢改变了命运。苏伦从此再也不是她自己了。

我知道，而且您或许也晓得，她是一个非常虔信宗教的人。无论在任何情况下，她都坚定不移地相信死后另有生命。我不知是否可以做出一个大胆的臆测，将您归类为理性论者？但您既然身为气候研究者，最起码也是一位自然科学家。我敢打赌，就生命哲学而言，您与苏伦绝对大异其趣。

但不管怎么样，我曾经问过我自己：假如我们不去搅乱苏伦的想法，那是否会是比较理想的做法？毕竟她生前是一盏明灯，她就像是一团火光，而且她几乎具有千里眼的能力。

万一斯坦说得很对呢？

她以惊慌的目光向上注视我。而我在她眼中看见了无法抚平的伤痛，内心深处的激荡，以及难以承受的绝望。接着她失去意识，在一度回光返照之后便永远离开了。那时她是以空洞和无助的眼神望着我。她已经无话可说。说不定她仍有余力向我道别，可是她没有那么做。

她失去了自己的信仰，斯坦。无论从任何角度来看，她都已经心力交瘁。她心中已是一片荒芜和空虚。

当她表示您或许“说得很对”的时候，到底所指为何？难道“说得很对”能够重要到那种地步吗？莫非您有能力或意愿，硬是要向别人的信仰撒播一种挥之不去的疑虑？不，我已经讲过了，我不想得到任何答案。凡事从此都必须告一段落。

不知道为什么，我总觉得您就像易卜生笔下那个阴郁乖戾的老派人物一般，走入了苏伦和我的生活。您几乎同样称得上是“一名从海上过来的男子”。还是说，您希望以葛瑞格斯·威勒那种沉迷于真相者的方式来登台？若是这样的话，我乐意扮演《野鸭》剧中的另一个角色——雷凌医生那位“自欺行为的尊重者”。[①]而现在我就坐在她的金黄色阁楼房间内，眺望下面的市区。

苏伦曾在几天前说过，她或许会出远门前往苏伦德，以

---

① 葛瑞格斯·威勒和雷凌医生都是易卜生《野鸭》（*Vildanden*）剧中的人物。葛瑞格斯·威勒是理想主义者，被暗喻为“从幽冥世界来到可怜人家的门口宣扬‘理想之要求’的笨蛋”。雷凌医生则老于世故，其论点为“假象……那是激励人生的法则。……从一般人身上取走生活谎言，你便等于是直接带走了他的快乐”。

便赶在冬季之前向大海告别。按照她一贯的作风，应该不至于独自安排这种旅行。莫非你们打算成双成对地一起向大海告别？你们在今年七月那天不也曾经两个人一同快步闪入山中？

我实在不晓得自己为什么会这么问，因为我根本就不想要答案，而且那个问题已经完全不再具有任何实质意义了。

然后阁下果真亲自前来卑尔根！可是您来得太迟了。等到一切都结束之后，您在星期天下午打电话过来。那时我们刚从医院返回家中。英格丽接听了电话，但她不晓得您是谁，而且没办法跟您讲话。我则低着头坐在餐桌前面，只是开口告诉英格丽，我知道是谁打的电话，不过我同样无法直接跟您讲话。最后是乔纳斯接过话筒，并且告诉您究竟发生过什么事情。我让他那么做了。

那么您自己接下来又做了哪些事情呢？为了参加葬礼而一直继续留在卑尔根？或者您曾经开车出去，以便眺望大海？

这些都是不需要答案的修辞性疑问。

我希望从现在开始我们停止任何形式的接触，并且期待您能够尊重这项心愿。在很长的时间内，孩子们和我将会为了相互扶持而忙得不可开交。

她离开以后，斯康森这个地方已是一片空虚。纵使是在山地的西侧，在我们这边，在许多人的心目当中苏伦都具有重要意义。而且即使我扮演了雷凌医生的角色，我也永远不会把苏伦当作“一般人”看待。

一切到此为止。

尼尔斯·佩特